震災キャラバン

高嶋哲夫

目次

震災キャラバン

第一章　三月十一日

1

辻元勇太《つじもとゆうた》はジャズの練習場から徒歩二十分ほどにある「神戸《こうべ》食堂」に戻った。

一九九五年の阪神《はんしん》・淡路《あわじ》大震災のときには全壊した地区で、町の復興と店の再建に三年かかっている。それまでは元の商店街の店主たちが集まり、商店街跡にテント張りの店舗を並べて頑張ったのだ。

勇太の実家、「神戸食堂」は駅近くにあるラーメンを売りにした中華料理の大衆食堂だ。

店に着いたときは午後三時半を回っていた。勇太は練習後夕方の四時から閉店の十時まで、アルバイトで皿洗いをやっているのだ。

店に入ると、異様な雰囲気に立ち止まった。店中の視線が、コーナーにあるテレビに向いている。

いつもは厨房《ちゆうぼう》にいる父親の源一《げんいち》も、店のテーブルに座ってテレビを食い入るように見つめている。その横に母親の明子《あきこ》とアルバイト店員の清美《きよみ》がいた。

画面には津波が町を呑《の》み込んでいく様子が映し出されていた。

堤防を乗り越えた大波が道路の車を巻き込んで、建物の間を通って町中に押し寄せてくる。その巨大な水塊は見る間に広がり、家を倒して進んでいく。そして隣家にぶつかり、押し倒し流していく。その規模は半端ではない。

「今度はどこの国だよ」

勇太は誰にともなく聞いた。

二〇〇四年末のインド洋大津波でたびたび見た光景だ。ただし今度のほうが規模は大きそうだ。流されていく船も家もでかく多い。

「日本だ。現在進行形だ」

源一が画面に眼《め》を向けたまま言った。

「日本って——」

「東北だ。東京もかなり揺れたらしい」

〈東北地方では、まだかなり強い余震が頻発しています。津波については、充分注意してください〉

画面が東京のスタジオに変わり、白いヘルメットが場違いな感じを与える若い女性アナウンサーの興奮した声が聞こえてくる。

地震時のスタジオの映像に切り替わった。天井のライトやパネルが激しく揺れている。女性社員がデスクの下にもぐり込み、男性社員の何人かが必死でパソコンやビデオデッキのラックを押さえている。東京でもかなりの揺れがあったのだ。

〈今日午後二時四十六分、宮城《みやぎ》、岩手《いわて》、福島《ふくしま》、茨城《いばらき》、栃木《とちぎ》、群馬《ぐんま》、埼玉《さいたま》、千葉《ちば》県にかけて、大規模な地震が観測されました。大津波警報が出ています。その地域の人は津波に備えて、高台に避難してください〉

女性アナウンサーが、甲高《かんだか》い声で繰り返している。テロップにはマグニチュード7・9の表示と各地の震度が出ている。震度七もあり、震度六強という場所もかなり多い。太平洋岸に出された大津波警報は、東北のみならず、北海道から静岡、紀伊半島、四国の一部にまでおよんでいる。

地震の起こった時間、三時前というと、地下の練習場でトランペットを吹いていた時間だ。勇太も仲間たちも揺れを感じた者はいない。ジャズは地震よりも強し、と思ったが、口に出す雰囲気ではなかった。

食い入るようにテレビ画面を見つめているアルバイト学生、清美の表情がいつもと違うことに気づいた。秋山《あきやま》清美は二十一歳、神戸の大学三年生だ。三年前から週に四日、店にアルバイトに来ている。清美が面接に来た日、源一と明子は素朴で純情、働き者で今どきの都会の若い娘とは違う、日本女性の鑑《かがみ》だと絶賛した。「東北の娘さんはいいねえ。働き者で辛抱強い。それに引き換え、うちの息子と娘は」と明子は一日そう言って、勇太と長女の由香里《ゆかり》を見たものだ。

映像が変わった。現地のライブ映像だ。

〈信じられません。巨大地震の後の巨大津波です。私の目の前を家が、車が、船が、テレビが、冷蔵庫が、そして人が流されていきました〉

男性アナウンサーが興奮した声でしゃべっている。

巨大な波が堤防を乗り越え、船や車を巻き込みながら町中へとなだれ込んでくる。通りを進む津波は家を呑み込み、大地から引き離し、破壊し、瓦礫《がれき》へと変えながら、さらに内陸へと進んでいく。

「ドミノ倒しだ」

源一の低い声が聞こえた。

別のチャンネルでは陸に上がった津波が、広大な平野を黒く染めながら田畑、ビニールハウスを押しつぶして進んでいく。

そして――家、車、漁船を破壊し、押し流しながら町中深く入り込んでいった津波が、瓦礫と共に元の海へと戻っていく。引き波だ。おそらく海へと流されていく家、車、瓦礫の中には多くの人も含まれているのだろう。

岩手県から宮城県、福島県、茨城県にかけて、太平洋沖のいくつかの巨大な岩盤がずれて、未曾有《みぞう》の地震と津波を引き起こした。マグニチュード8に近い巨大地震が発生したのだ。

チャンネルを変えてもどこも同じだった。たしかに画面の惨状は、同じ日本の東北で起こっていることなのだ。

「ウソだろ。これが日本だなんて」

勇太は思わず呟《つぶや》いていた。同時に苦い思いが脳裡《のうり》によみがえってくる。

あれは九歳、小学三年生のときだった。

ドーンと突き上げるような衝撃で眼が覚めた。眼を開けると、身体《からだ》の上に誰かが乗っている。押しのけようとしたが、ビクともしない。自分の隣に寝ていた祖父の源次郎《げんじろう》だ。

「じいちゃん、重いよ」

声を出したが、答えは帰ってこない。すぐに尋常でない状態だと気づいた。

一九九五年一月十七日、阪神・淡路大震災の始まりだった。

このとき、勇太の家では源次郎とまだ二歳になったばかりの次女の彩花《あやか》が死んだ。

倒れてきたタンスが源次郎の頭を直撃して、脳挫傷《のうざしょう》で即死だった。揺れでとっさに勇太に覆いかぶさったのだ。源次郎がいなければ、タンスは勇太を直撃した。

勇太の身代わりとして源次郎が死んだ。口には出さないが、みんなそう考えていると勇太は思い続けてきた。

誰にも言ったことはないが、源次郎の身体の重みを、今もときどき感じて飛び起きることがある。

中学一年になるまで月に一度は寝小便をした。尿意で眼が覚めてトイレに行こうとしても、源次郎にのしかかられて動けなくなるのだ。もがいているうちにパジャマが濡《ぬ》れている。

今でも年に一、二度は源次郎の夢を見るが、さすがに寝小便はしなくなった。高校に入った年にＰＴＳＤ、心的外傷後ストレス障害の本を読んだが、自分がどうなのか分からなかった。

〈ああ、倒れていく。家が……〉

高台から町を見ていた男が呟くような声を出している。子供が母親にすがりついて泣き始めた。

「日本語ってことは、やっぱり日本なんだな。阪神・淡路大震災よりひどいぜ。こりゃあかなりの人が亡くなる」

声を上げた勇太の腕をつかんで、明子が厨房に連れていった。

「見りゃ分かるだろ。あれは日本だよ。東北地方。清ちゃんの実家があるところにも津波がきてるんだよ」

「たしか、気仙沼《けせんぬま》の近くだろ」

「気仙沼は宮城県なんだよ。小学校で習っただろ。清ちゃんの実家はその気仙沼市の南、磯ノ倉町《いそのくらちょう》。やっぱり津波が来てる。一時間も前から家族に電話してるんだけど、誰ともつながらないんだよ」

「当たり前だ、テレビが全部あれを伝えている。日本中から電話が集中してるんだ。回線が混み合ってるんだよ。災害用伝言ダイヤルって教えてやれよ。親父《おやじ》、得意だろそういうの」

「やってるよ。でも、返事はゼロ。ケータイは、家族の番号押しても電波の届かないところか、電源が入っていないためかかりませんの繰り返し」

いつもはひょうきんな明子が深刻な顔をして言った。

「一一〇番は?」

「したけど神戸の警察じゃ、どうしようもないってさ。宮城県の警察の番号聞いたけど、断られたよ。今は緊急事態なんで、自制してくれって」

「じゃ、かかってくるのを待つしかないじゃないか」

「清ちゃんにもそう言ったところだよ。だからお前も、余計なこと言うんじゃないよ。清ちゃん、さっきまで涙ぐみながら、家に帰りたいと言っていたけど、今は泣きたいのを必死にこらえてるんだから」

明子はもう一度、余計なこと言うんじゃないよ、と念を押すように言ってから店に戻っていった。

両親ともに地震には敏感だ。神戸に住んでいれば当然だが、やはり二人は特別な思いを抱いている人たちなのだ。

清美は三年前、大学進学のために神戸に出てきた年の五月から、神戸食堂でアルバイトをしている。初めて店に来たときは、おかっぱ頭の素朴な田舎《いなか》の少女だった。「素直ないい娘さんだ。日本の女性はああでなきゃいけない」とは源一の言葉だ。

しかし、半年後には肩まで伸びた髪は茶色になり、耳には特大のピアスがぶら下がっていた。まつ毛も三倍に伸びている。スカートもすぐに膝上になり、夏にはショートパンツになった。さすがに踵《かかと》が十センチもある靴を履いてきたときには、店で転ばれたら困ると注意していた。それでも、性格は明るく、いつも笑顔で店の客にも評判は良かった。

その清美が必死に涙をこらえているのだ。

勇太は二階の自分の部屋に行った。

ポケットからメモを出して眺めた。場所と時間が書いてある。

明日のオーディション、落ちたら将来をもう少し現実的に考えよう。そう思ったのは何度目か。しかし、今度は本気で考えなければならない。勇太の所属するジャズバンド〈KOBEブルー〉解散の可能性が高いのだ。いや、今度はほぼ確かだろう。オーディションには絶対に通ってやる。そして、俺はトランペットを続ける。

勇太の脳裡に数時間前の光景が浮かんだ。

「そろそろ潮時かな」

リーダーの大塚《おおつか》はベースをスタンドに置いて言った。

やっぱり、何を今さら、約束が違う、さまざまな思いが一気に湧きあがり、勇太は何も言うことができなかった。

昨夜の演奏後に、結成以来毎週一度演奏しているジャズクラブの閉店を聞かされたのだ。これで、少ないながら唯一の定期収入が途絶える。しかし、その後のミーティングでは、あと一年はガンバロウと言ってたじゃないか。

ドラムの早瀬《はやせ》は何ごともなかったように、スティックをケースにしまっている。俺はいざとなれば実家を継げばいいんだ、と彼は口癖のように言っている。実家は京都《きょうと》でかなり大きな楽器店をやっている。

もう一人のメンバー、富岡《とみおか》はちらりと大塚を見ただけで、何も言わずに部屋を出ていった。彼のパートはピアノだ。このバンドではいちばんうまく、すでに他のバンドから声がかかっているとも聞いている。

〈KOBEブルー〉を結成してすでに三年がすぎている。

大学卒業と同時に、同級生と二年間やっていたアマチュアバンドをプロに昇格させた。と言っても、勝手にプロと決めただけで、生活がなり立ったわけではない。授業に出なくてよくなった分メンバーと集まる時間が増え、練習と営業時間が増え、演奏の機会も増えたが、収入のほうはさほど増えたとは思えない。

お互いアルバイトで食いつなぎながら、本物のプロを目指す。そう誓い合ったのは、遠い昔のような気がする。

週に二、三回、地元のジャズ専門店やクラブで演奏する。たまに大阪《おおさか》や京都のライブハウスにも出かけている。収入はスズメの涙ほどで、頭割にすると一人二、三千円ということもある。ライブ限定とタイトルだけを変えたCDを客に売って、なんとか赤字だけは避けてきた。しかし、最近はそれも通じなくなった。

リーマンショック以後はそんな仕事も半減し、最近では練習場所の支払いも難しくなっている。ジャズと世界経済とがこれほど密接に関係しているとは考えてもみなかった。

勇太はトランペットをケースにしまい、一人で練習場を出た。

「しかし良かったよ。二股かけてて」

勇太は呟いた。ずるいと言われることは分かっていたが、今日の大塚の言葉もそれとなく予感していた。みんなも分かってくれるという思いと、どうせ落とされるだろうから誰にも分からないという思いが半々だった。落ちたときは、潔く音楽から身を引く。

「と言っても、ラーメン屋じゃな」

勇太は軽いため息をついた。

ケースからトランペットを出すと、マウスピースを付けて口に当てたが、そのまま机に置いた。清美の顔が浮かんだのだ。なぜかわずかでも音を出したら、清美の家族が消えてしまうような気がしたのだ。

店からはかすかにテレビの音が聞こえてくるだけだ。人の声はほとんど聞こえない。時折り、客が入ってきて注文するが、テレビを見ながら黙々と食べると帰っていくらしい。たしかにゆったりと楽しみながら食事をする雰囲気ではないのだろう。

もう一度、トランペットを口に当てた。息を吐きだそうとしたが、とんでもない音が出そうでマウスピースから口を外した。

しばらくトランペットを眺めていたが、机に置いて店に下りていった。

店の中は三十分前と同じだった。

携帯電話を握りしめてテレビを見つめる清美に、源一と明子がちらちら視線を送っている。時折り、源一が耐えきれないようにリモコンでチャンネルを変えた。

どこのチャンネルも同じだった。画面は津波が家々を破壊し、その間を縫うように町深く浸入していく様子を映している。死者、行方不明者は相当数に及ぶ模様とのこと。これも三十分前と同じだ。日本中の眼が、この震災に向けられているのだ。

「ただいま」

元気な声と共にドアが開き、妹の由香里が帰ってきた。

店に踏み込んだとたんに足を止めた。店の中の異様な雰囲気に気づいたのだ。

「どうしたのよ」

由香里は勇太に視線を向けた。

勇太は腕をつかんで厨房に連れていった。

「知らないのか」

「何をよ。みんなおかしな顔して。清ちゃんまで」

勇太は事情を説明した。由香里は眉根を寄せて神妙な顔で聞いていた。

「清美にとっては深刻な事態なんだよ」

「清ちゃんって、四人家族だっけ」

「そう、両親に兄さん」

「携帯が通じなけりゃ、待つか行くしかないじゃない。私だったら行くわよ」

「どうやって行くんだ。新幹線は止まってるんだ。在来線だってメチャクチャだぜ。東京までも行けやしない。東京から先はもっとひどいぜ」

勇太は声を潜めて言った。

「私だったら、歩いてでも帰るわよ」

「お前、バカなこと言うんじゃないぞ。まだ余震は続いてるんだ。津波だってでかいのがまだ来るかもしれない。下手《へた》に行こうなんて気を起こすと、途中で足止め食ったり、怪我《けが》するのが落ちだからな」

「行かないで悩んでるより、百倍もいいわよ。たとえ会えなくても、これから生きてる間、悩み続けるよりよほどいいわよ」

勇太は言い返せなかった。心の底では由香里の言葉が正しいと思っていた。

由香里は阪神・淡路大震災のとき、三歳だった。母親と一緒に寝ていたが、一度眼を覚まし辺りを見回して、そのまままた寝てしまった、と母親から聞いている。

ずっと母親に抱かれて眠っていたので、地震についてはまったく覚えていないと言う。

しかし、小学二年のとき、うぶ着に包まれた妹彩花の写真をじっと見つめているのを勇太は見たことがある。生きていれば小学校に上がった歳《とし》だ。

「じゃ、お前の口からそう言うんだな」

「言ってくる」

由香里は店のほうに戻っていった。

2

「帰るって、どうやって帰るんだ。新幹線は止まってるし、あんな状態じゃ……」

勇太は思わず言葉を呑み込んだ。

清美の瞳が大きく膨らんだかと思うと、涙が頰を伝った。

清美にも充分に分かっているのだ。それが分かっていて、帰ると言っているのだ。

「俺が送ってやるよ」

源一が立ち上がった。そして、いいだろうという顔で明子のほうを見ている。

新幹線で東京まで行く。でも、静岡《しずおか》から先は止まっている、とテレビでは言っていた。在来線は動いている。東京近くまではまあ、何とかなるだろう。問題はそれからだ。東北新幹線が新青森まで全線開通したとか言っていたが、今は止まっている。第一、都内の公共交通機関はすべて止まっているとテレビでは言っていた。

勇太は頭の中に東北の地図を浮かべようとしたが、東北自動車道が真ん中より東寄りに走っていたなというだけで、あとは皆目見当もつかない。県と市の位置関係がなんとなく分かる程度だ。清美の実家は磯ノ倉にある。気仙沼市の南で、宮城県だ。東北でもやや北のほうだ。

「しかし、どうやって行くんだ。新幹線は止まってるんだろ」

「バカ、車に決まってるだろ。東京から東の鉄道はメチャメチャだって言ってただろ。あれだけの地震と津波だ。動いてるわけねえだろ。当分動かねえ」

「どうせ、町内会から電話があるわよ。支援物資、どうやって運ぶか」

由香里の言葉に明子も源一も頷《うなず》いている。

二〇〇四年、新潟《にいがた》県や二〇〇五年、九州で地震があったときも、町内を挙げて支援物資を運び、ボランティアも送り込んだ。いつもはまとまりにくい町内会も、震災関連だけは神戸の恩返しという言葉で一致団結するのだ。

「店、大丈夫か。親父がいなくて」

「料理は私がやるから問題なし。勇太もいるし、由香里だって手伝ってくれるよね」

「じゃ、早いほうがいいぜ。すぐに準備しろよ」

勇太が清美の背を押すと、清美はみんなに向かってぺこりと頭を下げ、店を飛び出していった。

店はとたんに慌ただしくなった。

明子は暖簾《のれん》をしまって店を閉める準備を始めている。

源一は腕まくりして、事務所と呼んでいる厨房の奥の部屋に入っていった。

神戸から東北。高速でノンストップで走っても、十三時間はかかる。しかし、今回は道路がどうなっているか分からない。

勇太が事務所に行くと、椅子の上に胡坐《あぐら》をかいた源一が受話器を握って大声を出している。

「親父、安請け合いして大丈夫なのかよ。交通規制がかなり厳しいって言ってるぜ。それに俺、明日は店を手伝えないんだ」

源一は受話器を戻しては、次のボタンを押している。

「明日、大事な仕事があるんだ。で、少しでいいから金貸してくれよ。給料の前借りでいいよ」

「支援物資は、うちの裏に持ってくればいい。車は俺が用意する」

「十万もありゃ、足りるかな。次のライブ費用の一部負担が条件なんだ。うまくいけばすぐに返せるから」

「町内会からもメッセージがあれば届けるよ。今度のは神戸よりかなりひどそうだから、急いだほうがいい」

「店の手伝いは俺が責任を持って、誰か頼むよ。皿洗うだけだから誰でもいいだろ」

源一は受話器を戻して勇太に向き直った。

「さっきからうるせえんだよ。俺が電話してるってことバカでなきゃ分かるだろ」

「俺だって頼んでるんだ。明日、大事な仕事があるんだよ」

「母さんに言え。俺はこれから用意があるんだ」

源一は再び受話器を取りながら言った。

「来月には必ず返すからさ。お願いします」

勇太は姿勢を正して頭を下げた。

「バンにガソリン満タンにしてこい。予備のガソリンタンク五個、いや十個買って、それも満タンにして来るんだ。ポリタンクじゃねえぞ。知ってるだろう。ガソリンを入れる金属製のタンクだ。それにスコップとつるはし、二本ずつだ」

大学時代、ライブ合宿と称してキャンプに行ったとき、ポリタンクにガソリンを入れて運んでいて、源一にブッ飛ばされたことがある。ガソリン用のタンクは消防法で金属製と決められているのだ。

「本気で気仙沼のほうまで車で行くのかよ。普通のときでも十時間以上かかるんだぜ。道路が壊れてたり封鎖されてたら、どれだけかかるか分からないだろ」

「お前なあ、清ちゃんの身にもなってみろ。親兄弟の消息が分からないんだ。お前なら平気かもしれないがな」

「ガソリン買ってくりゃいいんだろ」

勇太はテーブルのキーを取った。

「うちの車じゃねえ。留《とめ》さんちのバンだ」

「えっ、あのボロ車かよ。車検が切れたら廃車にするって言ってたやつだろ。百キロ出ないぜ」

「町内でいちばんでかいんだよ。荷物も充分積める」

留さんのバンは十二人乗りの大型バンだ。座席を倒せば、トラック並みに支援物資を積める。ただし、十五年前の車だ。

「まだ文句があるのか」

「分かったよ」

勇太は事務所を出た。

3

勇太がホームセンターとガソリンスタンドから帰ると、店の裏には段ボール箱が積み上げられていた。その前に町内会の人たちが集まっている。

町内会長の亀山《かめやま》がメモを読み上げ始めた。

「カセットガスコンロ五十個。ガスボンベ三百本。一・八リットルの水のペットボトルが二百本。カップ麵五百食。ブルーシート三十枚。毛布五十枚は今、手配中」

「在庫があっただろ」

「前の地震で持ってった。補充してなかったんだよ。留さんの知り合いに頼んだ。安くするって言うんで。まあ、これも人助けだな」

「公私混同って言うんだよ。とりあえず今回は、これでいいか」

「充分とは言えねえが、まあいいだろ。こういうのは早ければ早いほどいい。毛布が届き次第、出発する」

「道は大丈夫かね。新潟のときみたいに立ち往生はみっともないからな」

二〇〇四年の新潟県中越《ちゅうえつ》地震のときは地震の翌日に支援物資を積んだ車を出したが、交通規制が多すぎて、途中で道に迷って三日後に支援物資を渡せないまま戻ってきたのだ。

町内会長が支援物資の箱の上に地図を広げた。気仙沼に大きな赤マルがついている。清美の実家があるのは、そのすぐ南の磯ノ倉だ。

「問題は道路の被害がどれほどかだ。被災地にはどさくさにまぎれて入り込まないと、すぐに規制がかかる」

「高速道路は、もうかかってると聞いてるぜ。混乱することは眼に見えてる。政府だってバカじゃねえ」

「迂回《うかい》すれば、何とかなるか」

源一は考え込んでいる。

「どうも有り難うございます。私のためにいろいろしてくれて」

パンパンに膨らんだデイパックを背負い、両手にスーパーの袋を下げた清美がやって来て、みんなに向かって頭を下げた。袋には水のペットボトルやインスタントラーメンが入っている。

「こういうときはお互い様だ。いつも支援物資を運んでるんだ。神戸の震災のときの恩返しってわけだ」

「毛布が届き次第出発ってことになってるんだけど、明日の朝になりそうなんだ。悪いね、急いでるときに。それまで店で休んでるといいや」

「よーし、早いとこ荷物を積み込んでおこう」

町内会長の声で全員が立ち上がり、荷物をバンに運び始めた。

ガスボンベの入った箱を両手で持ち上げた源一が、ウッと低い声をあげて固まった。しばらくそのままの姿勢でいたが、ゆっくりと地面に倒れていった。

全員が源一を見ている。清美だけが何が起こったか分からず、源一から勇太に視線を移した。

「ギックリ腰か」

町内会長が低い声で言った。源一は眼を閉じ、歯を食いしばった顔で頷いている。源一は箱を持ち上げたときの姿勢のままで、地面に転がっている。

「マスター、大丈夫ですか」

清美が勇太に聞いた。

「大丈夫じゃない。あれが起こると、一週間は絶対安静なんだ。すごく痛いらしい。死にたいと思うほどだって言ってた。でも、死にゃしないから安心してていいよ」

「救急車を呼ぶか。それとも担架か」

町内会長が屈《かが》みこんで源一に聞いている。彼らの間ではよくある事態なのだ。

「おい、担架を持ってこい。家の中に運ぶぞ」

町内会長が振り返って言った。

源一が身体をくの字に曲げたまま勇太を見つめている。声を出すだけで全身に響いて、源一の言葉だと、焼け火箸《ひばし》を尻から突っ込まれるような痛みが腰から背骨に走るらしい。

勇太は源一の口元に耳を近づけた。

「お前、清ちゃんを実家まで連れていけ」

やっと聞き取れるくらいの声が聞こえた。

「ムリ言うなよ。俺は大事な仕事があるんだ」

「お前、それでも……」

言いかけた源一がウッと唸《うな》って眼を閉じた。痛みが全身を貫いたのだ。

「お父さん、またか。注意するように言ってるのに」

由香里が店から出てきて二人を見て言った。

「じゃ、誰が運転すればいいかね。明日から四、五日、仕事休める者はいないか」

「急に言われてもな」

町内会の人たちはお互いに顔を見合っている。

清美が泣きそうな顔で皆を見ている。

「勇太、あんたがお行き。店のほうは大丈夫だから」

明子がきっぱりした口調で言った。

「でも俺は明日、大事な仕事が——」

担架が来た。源一は呻《うめ》き声も立てずに眼を閉じ、顔をゆがめたまま、そのままの姿勢で家の中に運ばれていった。

勇太と清美が取り残された。清美が、気の毒なくらいどうしていいか分からないという顔で突っ立っている。

「荷物積むのを手伝え」

勇太は半分ほど残っている支援物資を担ぎ上げた。

「俺が送っていくよ。親父の約束は俺の約束だ」

清美が我に返った表情で手を貸して、バンに支援物資を積み込み始めた。

積み終わって源一のところに行くと、ベッドに固まったまま横になっている。しかし、かなり落ち着いて眼も開けている。

「お前……」

勇太を見るなり声を出して顔をしかめた。自分の声さえ身体に響くのだ。

「俺が清美を磯ノ倉まで連れていく。任しとけって。親父はゆっくり寝てればいい」

「道は……調べたか」

「留さんがナビを貸してくれた。ポータブルの安物だけど、一応道案内は大丈夫だろ」

「だから、お前はバカだって言うんだ。東北に入りゃ、道路は寸断されてる。おまわりが立って、通行止めだらけだ。神戸のときと同じだ。迂回路はしっかり調べておかなきゃ、何日たっても着けないぞ」

「分かってるって。町内会長も留さんも情報送ってくれることになってる。しかし、この町内の人は災害援助が趣味みたいだな。いいかげんに大昔のことは忘れてほしいよ」

勇太の正直な気持ちだった。マスコミを賑《にぎ》わす震災には必ず町としての義援金集めや、支援物資を積んだ車を出している。今回はあのオンボロバンの出番というわけだ。

「俺はあの震災から考え方が変わったんだ――」

源一が声を出してから息を止めて眼を閉じている。痛みをこらえているのだ。ギックリ腰は固まった状態から一ミリでも身体を動かすと、強烈な痛みが腰を刺し貫くように広がるのだ。

「幼馴染《おさななじみ》の新《しん》ちゃんも、ハジメも死んでしまった。うちの爺《じい》さんや娘も死んでしまった。うちの町内じゃ、五十七人が亡くなってる」

それに――と言って言葉を止めた。しばらく何かを考え込むように、痛みに耐えるように黙っていたが、やがて話し始めた。

「要するにだ、人間の命なんてものは、吹けば飛ぶようなものだ。ちょっとしたことでどうにでもなる。寝ていた場所が十センチ違っただけで生死が分かれる。入れ歯、取りに帰ってペシャンコになった婆《ばあ》さんもいた」

勇太は無言でうなずいていた。

「お前のひい祖父《じい》さんが苦労して建てた家もつぶれて燃えてしまった。かわいそうなのは彩花だ。写真もほとんどない。臍《へそ》の緒も、何もない。お前や由香里の赤ちゃん時代の写真もみんな燃えてしまった。俺の過去なんて何もない。人間、裸で生まれて裸で死んでいくんだって、つくづく感じたよ。お前は好きなように生きればいい。ただし、人を泣かせるようなことはするな」

源一はときどき痛みで顔を引きつらせながら、しみじみとした口調で話した。

「だから、俺がジャズをやることを許してくれたのか」

「あのときな、ふっと震災のときのことが頭に浮かんだ。眼の前で家が燃えていった。お前を引き出すのがやっとだった。爺さんはまだ中にいた。タンスの下で頭から血を流してた。もう脈はなかったが、俺には引き出すこともできなかった。人生なんて一度きりだ。好きに生きて何が悪い」

「ありがとよ」

「許したわけじゃない。勝手にしろと言いたかっただけだ」

「俺にとっちゃ、同じことだ」

「あの地震のときは日本中が俺たちを助けてくれた。東京に住んでる小学校時代の同級生から手紙が来た。あまり一緒に遊んだことのない奴だ。名前を見てもはじめは誰だか分からなかったんだ。顔だってほとんど覚えてない。もしかすると、いじめたことのある奴かもしれない。中を見て驚いたね。十万円の郵便為替が入っていた。被災見舞いだって。俺は泣いたよ。なんせ、着の身着のままで焼け出されたんだからな。俺は絶対に恩返しをしようと思った」

「今が、そのときというわけか」

「できることをやればいい。清ちゃんの親御さんと兄さんを探し出してこい」

もう死んでいるかもしれない。出かかった言葉を呑み込んだ。

清美は今も携帯電話をかけ続けているが通じないという。テレビニュースでは死者、行方不明者は一千人を超している、と言っていた。その数は増え続けている。この分だと、万単位になるだろう。

地図で見ると、磯ノ倉町は津波が襲った三陸《さんりく》沿岸部の町だ。テレビでは出ていないが、一方が湾になっていて大きな被害にあっているはずだ。

「まだ毛布は届いてないのか」

「会長のうちに届き次第持ってきてくれることになってる。それからただちに出発だ」

「じゃ、ちょっとだけでも寝ておけ。東北までの運転はきついぞ」

じゃあ、と言って勇太が部屋を出ようとすると、源一が呼びとめた。

「机の上の封筒、持ってけ」

勇太が源一を見ると、眼を閉じて顔をゆがめている。痛みに耐えているのだ。

封筒を取ってドアのほうに歩いた。封筒はかなりの厚さだ。

「親父」

ドアの前で振り返った。

「爺ちゃんと彩花のこと、俺たちの心の中でずっと生きてる」

自分の部屋に戻って数えると、一万円札が二十枚入っている。

「親父の野郎、見直したぜ」

呟いて、尻のポケットに押し込んだが、思い直してジャンパーの内ポケットに入れ直した。

勇太はパソコンを立ち上げた。グーグルマップを呼び出して、現在地と目的地を打ち込んだ。神戸からとにかく気仙沼まで行けばいい。そこからはすぐ近くだ。名神《めいしん》高速から東名《とうめい》高速に乗るか、中央自動車道で長野《ながの》を抜けるか、もしくは北陸《ほくりく》自動車道で新潟まわりにするか。

東名高速は不通にはなっていないだろう。

清美も免許証は持っているが、二年前にとったペーパードライバーだと言っていた。今の精神状態で運転させるのはやめたほうがいい。ということは、一人で全行程を運転することになる。

そのときドアが開き、由香里が入ってきた。

「ノックぐらいはしろって何度言わせるんだ」

「変なことするときはカギぐらいかけるでしょ。いくらお兄ちゃんだって、そのくらいの常識は持ってるわよね」

「俺、清美を送って磯ノ倉まで行ってくるわ」

「ヤッパ本当か。町内会長がよろしくって言ってたから。お兄ちゃん、明日、オーディションじゃないの」

由香里が勇太を見ている。金を借りようと、由香里には話していたのだ。返済の可能性が薄いと断られたが。

「どっちが大事だと思ってるんだ。オーディションはいつでも受けられる」

「それにどうせ落ちるものね。けどチャンスでしょ。一生に一度、あるかないかの」

「どういうことだよ」

由香里はにやりと笑って、階段を駆け下りていった。

「まあ、悪くはないか。清美との二人旅も」

勇太は呟いて、再びパソコンのマップに向き直った。

神戸から気仙沼市まで一〇二〇キロ。静岡ぐらいまでは半日で行けるだろうが、そこからどれだけかかるか分からない。行き着くことができるかすら分からない。高速道路は規制されているだろう。壊れて通行禁止になっているところも何カ所かあるらしい。

「勇ちゃん。毛布が届くの、あと四時間後だって。町内会長さんから」

階下から明子の声が聞こえてきた。

オーディションといっても、半分は次のライブツアーの資金集めのイベントだ。金を出せば合格して、半年ほど一緒にやって、やんわり辞めることを勧められるのだ。

勇太はベッドに横になった。

「そろそろ潮時かな」という大塚の声が脳裡によみがえってくる。

「今さら言われてもなあ」

ぽつりと呟いた。もうとっくにプロ活動は諦めていたというか、次に何をやろうかなどと考えていたところだ。

大塚も早瀬もアルバイトとの掛け持ちに疲れたというか、家族の眼が厳しくなったというか。現実という今まで考えもしなかった、いや考えることを避けてきた敵と、いよいよ向き合うことになったのだ。要するに歳をとったのだ。俺も来月の十二日に二十六歳になる。

そんなことを考えているうちに眠ってしまっていた。

4

「勇、何だそれ」

明子の声で起こされて、源一の部屋に行くと、源一が勇太の手元を見て声を出した。

「見りゃ分かるだろ」

勇太は手に持ったトランペットケースに眼を落とした。

「まさか、トランペット吹きに東北まで行く気じゃないだろうな」

「持ってないと落ち着かないんだよ。俺の分身のようなもんだから」

源一はもう一度勇太の顔を見たが、それ以上何も言わなかった。

三年前、大学を卒業した年に、勇太が音楽をやりたいと言ったとき、泣いて反対したのは母親の明子だった。源一は「好きにやればいい」と言っただけだった。しかし、今では逆転している。むしろ、将来を考えろと言うのは源一のほうだ。明子の言葉は「後悔しないように」だ。それだけに、明子の眼は気になった。

家の前に出ると、まだ薄暗い冷気を含んだ空気が勇太を包んだ。

空を見上げると、星の瞬きがまだ夜の名残りを貼り付けている。この空は形を変えながらも東北にまで続いている。ふっと勇太の心に浮かんだ。

町内会の人たちがずらりと並んで、勇太を出迎えた。

バンは、昨日と同じ所に止めてあった。ただ違っているのはその車体だ。

「ガンバレ、東北！　神戸より愛を込めて　池宮《いけみや》町内会」

白い車体に赤ペンキで描いてある。最後にビックリマークの代わりにあるのはトランペット。看板屋の昭夫《あきお》の仕業だ。

「コレに乗ってけって言うの」

「目立つと、テレビが撮ってくれるかもしれないぞ。お前の望むところだろ」

「規制対策だ。これがあれば立ち入り禁止地区にも入れることがある。おまわりだって人の子だろ。人助けを邪魔するわけにはいかない」

「この車、磯ノ倉までもつのかね。一千キロ以上だぜ。半分は車を置いてヒッチハイクと歩きということにならなきゃいいけど」

勇太は皮肉を込めて言ったつもりだが、町内会長は気にもしていない。

「どうせ、廃車にしようと思ってたんだ。遠慮なく使ってくれ。東北であろうが、北海《ほっかい》道《どう》だろうが、充分に走るよ。しっかり、神戸からのメッセージを届けるんだ」

会長が勇太の危惧《きぐ》を吹き飛ばすように背中をバンと叩《たた》いた。

バンの助手席から清美が降りてきて、改まった顔で勇太と町内会の人たちに頭を下げた。

「ちょっと、来てくれ」

バンに乗ろうとする勇太の腕を町内会長がつかんで、店の隅に連れていった。

テーブルには中年の男が一人座っている。足元に古い型のボストンバッグが置いてあった。

中年男は二人を見て立ち上がった。背筋が伸びて、姿勢のいい長身の男だ。

「高橋《たかはし》さんっていうんだ。この人も磯ノ倉まで連れてってくれ」

男は伏し目がちに頭を下げた。

「だって、俺は清美と二人だけで……」

「中山《なかやま》先生に頼まれたんだ。覚えてるだろ。お前の中学のときの先生だよ。さんざん世話になっただろ。今はもう定年だけど。高橋さんはやっぱり磯ノ倉の近くに家族がいるそうなんだよ」

町内会長は勇太の耳をつまんで、自分の口の前に持ってきて言った。

中山先生は中学の吹奏楽部の顧問だった。勇太がトランペットを始めたのは中山の勧めからだ。友達の藤田《ふじた》に連れられて部室に行ったとき、勇太の顔を見てトランペットを差し出したのだ。あとでなんでトランペットだと聞いたことがある。口の形がトランペットのマウスピースと相性がいいそうだ。要するに薄めの唇が上下均等なのだ。

今度は、勇太が町内会長の腕をつかんで厨房に連れていった。

「そんな話、聞いてないですよ。見ず知らずの人でしょ」

「本来なら自分がお願いに出向くべきだが、体調を崩して外出を止められてる、と中山先生の奥さんから電話があった。そんな先生の願いを快く受けられんのか。高橋さんは決しておかしな人じゃない」

「なんだか暗い感じです。薄気味悪いですよ」

「心配するな。相手だって同じことを思ってるよ。お前は世間一般から見れば、いい加減胡散臭《うさんくさ》いんだ。その髪、切っていったほうがいいぞ。顰蹙《ひんしゅく》を買うに決まってる。神戸の評判だけは落とさないようにな。日本人は黒髪か坊主が一番似合うんだ」

余計なお世話なんだよ、そう思ったが口には出さなかった。

「これ、清ちゃんには言うなよ」

そう言って会長はわきに抱えていた新聞を広げた。

〈死者・行方不明者一二〇〇人超。宮城、岩手の沿岸壊滅。余震一〇〇回以上。二一万人避難。大津波、市街をさらう〉

一面の見出しが眼に飛び込んでくる。見出しの下には瓦礫の中に泥水のたまった町の航空写真が載っていた。津波は見事に町のすべてを泥に浸し、持っていったのだ。

「死者と行方不明者はもっと増えると書いてある。十倍はいくな。神戸も最初は少なかった。おまけに気仙沼じゃ、漁船の重油の流出で大火事が起こってる。町の中心部がほぼ焼失したらしい。清ちゃんの町は隣だろ」

会長は新聞を畳んで再びわきに抱えた。

高橋のところに戻ると、高橋は勇太に向かってぺこりと頭を下げた。真面目《まじめ》そうでおとなしそうだが、やはり暗い感じで、どこか胡散臭い。こんなのがキレると、怖いんだ。そう思ったが、あわててその考えを打ち消した。

バンに戻ると、前より人が増えて三十人近い人が集まっている。みな商店街の人たちだ。

「池宮町内会からの支援物資が一番乗りだ。頑張れよ」

勇太は全員から声をかけられ、肩を叩かれた。まるで出征する兵隊みたいだ、とふと思った。

勇太は運転席、清美は助手席、高橋は後部座席に乗り込んだ。その後ろには荷物が満載されている。

「電話するんだぞ。こっちからも情報は送ってやる」

町内会長が怒鳴るような声を出している。

「勇ちゃん、これ父さんが持ってけって」

明子が黄色の塊を窓から押し込んだ。源一の羽毛のアノラックだ。去年、通信販売で買って、派手すぎるとさんざん文句を言っていたものだ。勇太がくれと言うと、お前にはもったいないと突っぱねられた。東北はまだ雪が降っているところもあるらしい。

「困ったときに開けるんだよ。魔法の箱だって。これも父さんから」

そう言って明子が大きな段ボール箱を後部座席に積み込んだ。

明子は泣きそうな表情で一歩後ろに下がった。

その背後で由香里が腕を組んで何か言いたそうな目つきで見ている。うまくやれよ、そう言っているようだ。

そっと隣を盗み見た。

清美は唇を閉じて、何かに挑むような視線を前方に向けている。

バックミラーをのぞくと、高橋は両手を膝に置き、意思をなくしたような眼で外を見ている。

何かどんよりとしたものが勇太の心に広がっていった。

勇太はその気分を振り払うようにサイドブレーキを外して、ゆっくりとアクセルを踏み込んだ。車は滑るように走り始めた。

第二章　三月十二日

1

まず、名神高速道路に乗り大阪を通って愛知《あいち》県に入り、東名高速で東京へ向かう。首都高速から東北自動車道に入って、そこから一直線に気仙沼方面へ走る。

東北自動車道で交通規制があるはずだが、その段階で一般道に降りればいい。ナビが教えてくれるだろう。

勇太は頭の中で繰り返した。

「清美、高橋さんと代わって、後ろで横になったらどうだ。そのくらいのスペースはあるだろ。先は長いぞ」

「有り難う。でも、眠れそうにないから」

清美の疲れ切った表情を見て声をかけると、数秒の間をおいて小さな声が返ってくる。たしかにそうなのだろう。同じ日本の中で、家族の消息が分からないのだ。そしてその家族の周りでは、万を超すかもしれない死者、行方不明者が出ているのだ。

バックミラーに眼《め》を移すと、ぼんやり外を見ている高橋の顔がある。

「運転できますか」

勇太は高橋に聞いた。

「すいません。できないんです」

小さいが、ていねいな口調の声が返ってくる。

高橋の風貌からは意外だった。運動神経はよさそうだし、メカには強そうな感じを受けたのだ。なんだ、運転できないのか。そう思ったが、もちろん口には出さなかった。

まだ陽《ひ》が昇らない町は静かだった。同じ日本で巨大地震、巨大津波、そして原発事故までが起こり、分かっているだけで数千の死者と行方不明者が出ているとは信じられなかった。

今、午前五時四十六分。兵庫県南部地震が起こった時刻だ。車も人もほとんど通っていない。大型トラックが追い抜いていった。

空を見上げた勇太は一瞬思わず眼を閉じた。夜明け前の薄く弱い光であるにもかかわらず、瞼《まぶた》の奥にまで染み込んできたのだ。いつもなら、ぐっすりと眠り込んでいる時間だった。

「お天道様《てんとう》を眩《まぶ》しく感じるようになったら、おしまいだぞ」

祖父が言っていた言葉だと父親によく聞かされた。勇太は背筋を伸ばして、改めてハンドルを握り直した。


名神高速道路で草津《くさつ》に向かっていたころ、携帯電話が鳴った。

〈東名高速が交通規制になってる。そこからは高速を降りて一般道を走れ〉

町内会長の声が飛び込んでくる。

「一般道路に降りて、どうすればいいんだ」

〈ナビを調べろ。高い金出して買ったんだ。渋滞も分かるから任しとけって言ってたのお前だろ〉

勇太はナビを操作したが、一般道では何時間かかるか分からない。

「北陸自動車道を行きましょう。地震の影響は少ないはずです」

背後から高橋が遠慮がちに言った。

「俺はナビ通りのほうがいいと思うけどね。あんた、ナビより道を知ってるのか」

「都内は迂回《うかい》したほうがいいんじゃないですか。出発前のテレビとラジオじゃ、都内の

ＪＲ、私鉄、地下鉄、バスまでも止まって、数十万人の帰宅困難者であふれているそうです」

勇太はラジオのスイッチを入れた。テレビと同様、アナウンサーの口から出てくるのは、地震と津波の話ばかりだ。それに福島の原発の話が入っている。いくつか放送局を変えると、やっと都内の交通状況についてしゃべっていた。

〈まだ帰宅困難者の列は続いています。昨夜、都内に泊まったのは推定九万人に上ると考えられています。災害に脆《もろ》い東京の姿を浮き彫りにした形で、今後の対策が必要となりそうです。東北各県、さらに関東甲信越にかけて強い地震は続いており、住民は眠れぬ夜を――〉

「帰宅困難者か。昔、映画で見たゾンビの群れみたいだったぜ。みんな死んだような顔して、ゾロゾロ、ゾロゾロ」

ドラムの早瀬の言葉だ。昨夜、電話がかかってきたのをふと思い出した。

「どうなっても知らねえぞ」

勇太は呟《つぶや》いてそのままアクセルを踏み込んだ。

「米原《まいばら》から北陸自動車道に乗ります」

背後から高橋の声が聞こえる。

高橋が地図とノートを出してボールペンで何かを書きこんでいる。

「何してるんだ」

「会長さんに頼まれてるんです。無事に目的地まで行けるようにしてくれって」

「ナビがありゃ大丈夫だよ」

「ガソリンです。東北に入ると、沿岸部のガソリンスタンドは全滅で、その他のガソリンスタンドも何時間も待たなきゃならないそうです。それも制限付きで、十リットル程度しか買えないところがほとんどのようです」

「だからガソリンタンクを積んでる」

たしかにラジオでは東京でもガソリンスタンドに長い列ができていると言っている。

「それでも走れる距離は限られます。ガソリンはこまめに入れていきましょう。どこで足りなくなるか分かりませんから」

高橋は地図に眼を落としたまま言った。

「こんな燃費の悪いボロ車で行けってのも問題ありだぜ。ガソリンを垂れ流してるようなもんだからな」

「荷物が多くて重量があるせいです。車が大型なのである程度は仕方ありません。でも、勇太さんの運転も省エネ運転からは程遠い。急発進、急ブレーキ、エンジンを吹かしすぎです。それを改めれば、リッター三キロはよけいに走ります」

「あんた、えらく詳しいね。免許持ってないにしては」

「工業高校の機械科を出ました。エンジンの分解、組み立ては嫌になるほどやりました」

　それで免許を持ってないとはおかしいね、喉元まで出かかった言葉を呑《の》み込んだ。バックミラーに映る高橋の顔に何か不気味なものを感じたのだ。この男、やはり普通じゃない。言葉遣いも態度も嫌味なくらいバカていねいだ。それがますます、不気味さを際立たせている。町内会長も迷惑なことをしてくれた。しかし、中山先生の紹介だとも言った。

　中山先生は勇太が頭の上がらない人たちの一人だ。七年前に中学を定年退職してからも何度か会ったが、勇太が大学卒業後、定職に就かずバンドを始めてからは会っていない。会ってもどうせ、ロクなことは言わないだろう。要するに勇太にとって世話にはならったが、煙たい存在なのだ。

　道路は静かだった。

　こんなところを清美と二人で走れたら。ふと思ったが、慌てて頭から振り払った。今は清美の両親と兄さんの安否を確認することがいちばんだ。そして、被災地の人たちに支援物資を届ける。

　勇太はアクセルを踏み込んだ。エンジンが苦しそうにカラカラという音を響かせる。

慌ててアクセルから足を外した。エンジンを吹かさず、スローに。女の子の髪に手をやるように優しく、柔らかに。自分に言い聞かせた。

〈強い余震は相変わらず続いています。今回の想定外の津波では、避難場所も大きな被害を出しており、避難場所の選定も今後の大きな課題となるでしょう。地震、津波ばかりではなく、今回は福島の原子力発電所事故も加わり、住人にとっては今後多くの困難が待ち受けていると――〉

アナウンサーの声が耳障りに聞こえてくる。

〈最新の発表では死者、行方不明者が――〉

勇太はラジオを消そうとして腕を伸ばした。その手を清美が押さえた。

2

陽が昇るにつれて周りを走る車の数が増え始めた。

東北方面に向かう車は荷物を満載したトラックや大型車両が多い。多くの車が支援物資を積んでいるのだ。自衛隊の車両も眼につく。

「隊列を組んで進んでいく自衛隊の車列。空に響くローター音、大型ヘリの編隊を見上げて、俺は涙が出たよ」

源一の口癖だった。一時は自衛隊に入れ、と口癖のように言っていた時期があった。大学から帰ると、机の上に自衛隊のパンフレットと入隊申込書があったこともある。あげくの果てに「自衛隊にもブラスバンドがあるぞ。あそこでトランペットを吹いたらどうだ」と真面目《まじめ》な顔で言われたことがある。「自衛隊でジャズか」と突っぱねたが、あとで多少心が揺らいだ。

少しでも早く。なぜか周囲を走る車にライバル意識を出してアクセルを踏み込みそうになるのを何とか抑えた。

「次のサービスエリアに入りましょう。ガソリンスタンドがあればガソリンを入れる。勇太さんも疲れたでしょう」

「俺は元気いっぱいよ。ガソリンだって三分の一も減ってないぜ。腹もすいてないし」

「運転が慎重になっていますが、省エネを心掛けてるだけです。反射のほうは遅く、にぶくなってます。疲れてる証拠です。それに清美さんも休んだほうがいい。乗ってるだけでも疲れるものです」

なるほど清美の疲れた顔はひどくなっている。昨夜は寝てないのだ。ラジオで増え続ける死者と行方不明者の数を聞いていたら、眠れる状況ではないだろう。

車の流れが心もち遅くなった。前方の掲示板に文字が表示されている。

「まずいぜ。東北自動車道も封鎖されてる」

「壊れたって話、聞いてませんよ。かなり内陸を走ってるのに」

「それだけでかい地震だったたってことだ」

放送局を変えたが、どこもはっきりしたことは言っていない。情報が普段ほどには入ってこないのだろう。

サービスエリアの標示が見えた。

勇太は慌ててハンドルを切った。

広い駐車場の半分は十トン以上の大型車で埋まっている。関西、中国方面のナンバーが多い。被災地に向かっているのだろう。

駐車場の端にガソリンスタンドがあるが、百メートル以上の列ができている。

清美がトイレに行っている間に、レストランでコーヒーを飲んだ。たしかに頭がすっきりして視野が広く鮮明になった感じだった。昨夜はほとんど寝ていない。前日もほぼ一日、地下の練習場にこもってトランペットを吹いていたのだ。疲れていないのがおかしい。

トイレに行くと、運転手たちが雑談をしていた。やはり震災のことを話している。

レストランに戻ると、清美も座っていた。いくぶん顔色が良くなっている。高橋の言葉通り、車は乗っているだけでけっこう疲れるのだ。

「この先の高速は途中から、震災復旧車両しか通れないとも言ってるぜ。このバンはどうなんだ。支援物資を積んでるんだけどな」

「かなりの車が東北に向かってます。被災地から出てくる車も多いそうですよ。全国の身内を頼って避難してるんでしょう。特に福島からは」

「通行パスがいると言ってる運転手もいた。そんなのいらなかったって人も。どの情報が正しいんだろ。ラジオじゃ、なにも言ってなかったよな」

「詳しいことは言ってませんでした。どうせ分からないんでしょう」

「支援物資を積んで被災地に飛んだヘリが、着陸場所が決まらないって引き返させられたそうだ。役所のやりそうなことだ」

「私たちがそうなればどうするんです。引き返すように言われたら」

「清美を家に連れてくだけだ。自分の家に帰るのに許可なんているか」

そうは言ってみたが、何の確証もなかった。

三十分ほど休んで車に戻った。

エンジンをかけたとき、運転席のドアをノックする者がいる。

ウインドウを降ろすと、大型のデイパックをかつぎ、首にカメラをかけた男が覗《のぞ》き込んできた。

「乗せてってくれないか。ガソリン代は払うよ」

「あんた、ここまでどうやってきたんだ」

「車が故障した。急に動かなくなったんだ」

男は駐車場の隅を指した。赤い乗用車が止まっている。年代はかなり古そうだ。

「悪いけど、満員なんだ。他の車を探してくれ」

「三人だろ。バックシートにまだ二人は座れる。気仙沼に家族がいるんだ。気仙沼に行くんだろ。食堂で話してるの聞いたんだ」

「ダメだ。そこどいてくれ。車を動かせない」

「乗せてってあげて。家族がいるんでしょ」

清美が勇太を見つめて言った。

「両親が住んでるんだ。昨日から電話してるけど、連絡が取れない」

男は清美に向かって急に情けない声を出し始めた。

「ウソ言え。あんた写真撮りに行くんだろ。そんなでかいカメラ二台もぶら下げて、親の安否確認でもないだろ」

「あんたら磐越《ばんえつ》自動車道に入るんだろ。あの辺りの高速は、パスがないと通れないぞ。復旧道路は規制が厳しいんだ。俺は持ってる。東京都が発行したパスだ」

そう言って、首にかけていたカードを外して勇太に見せた。男の顔写真とＰＡＳＳと書かれた通行許可書だ。

「乗せてあげてください。役に立つかもしれない」

高橋が背後から小声で言った。

「おかしなことがあったら、あんたが責任取れよ」

勇太は後部ドアのロックを外した。

男はかなりでかいデイパックを肩から下ろして押し込むと、自分も乗り込んできた。

「神戸からか。前被災地だな」

車体の文字とナンバープレートを見たんだろう。

「前被災地ってどういう意味だ」

「言葉通りだ。阪神・淡路大震災よりも今度のほうが遥《はる》かにデカい。新被災地が出たんだ」

「そういう問題じゃないだろ。家族を亡くした者にとっては、同じ苦しみ、同じ悲劇なんだ」

清美と高橋が勇太のほうを見ている。

勇太が何かのときに、阪神・淡路大震災以後は大きな地震もないし、被害だってノミ程度だ、と言ったら、源一に頭を力まかせに叩《たた》かれた。そのときはなんて父親だと思ったが、今では納得できる部分もある。災害は大きい小さいの問題じゃない。被災者一人ひとりにとっては生涯の大事件だ。源一の口癖だ。

「俺は加藤春夫《かとうはるお》。助かったよ。神戸から昨日の今日か。民間としちゃ、すごいスピードだ」

急に馴《な》れ馴《な》れしい口調で話し始めた。

バックミラーに高橋と握手している加藤の姿が映っている。

「あんた、どこに行くんだ。東北って言っても広いだろ」

「適当なところで降ろしてくれればいいよ。沿岸部はどこもメチャメチャだそうだ。あとは歩いて取材だ」

「やっぱりカメラマンか」

「フリーのカメラマン。イラクやアフガンにも行った。週刊月曜日や写真雑誌に俺の写真が載ったこともある。ウソついてごめんな。カメラマンだって言うと、皆に断られてな」

高速道路に入ると、悪びれることもなく言った。乗ってしまえば降ろされることはない、と思っているのだ。

「もう、何十人も入ってるだろうな。今のサービスエリアでもフリーのカメラマンをかなり見たよ。十人以上はいたよな。数人のグループで入ってる。こんなところで車が故障するんだものな。突然、エンジンから白煙が出始めたんだ」

「ラジエターの水漏れだろ。整備ができてなかったか、よほど古い車だ」

「両方だ。今度の取材で新車が買えるといいんだけどな」

思わずブレーキを踏み込んで降ろしてやろうかと思った。しかし、横でずっと同じ表情で前方に視線を向けている清美を見て我慢した。もめごとを起こすより、一刻も早く目的地だ。

神戸を出て一度休んだだけで、十時間近く走り続けた。

北陸自動車道の富山《とやま》をすぎるころから車が混み始めた。大型トラックがさらに増えているのだ。

「あんた、代わってやろうか。かなり疲れた顔してる。神戸からずっと一人で運転してるんだって」

背後から加藤の声がして、座席の間に顔が現われた。

「少し黙っててくれよ。あんたの声を聞いてると、よけい疲れる」

「しっかり運転してくれよな。まだ死にたくないから。このチャンスを逃したくないしな。絶対にモノにしてやる」

顔が引っ込むと、しばらくしてエンジン音に負けないくらいのいびきが聞こえてきた。

バックミラーをのぞくと、顔をあおむけた加藤が大口を開けて寝ている。

車の流れがかなり遅くなっている。それでも時速五十キロほどで走っている。

3

新潟で磐越自動車道に入ってから急にスピードが落ちた。

午後四時をすぎると、辺りは急激に光を失っていった。

神戸を出てからすでに十二時間がすぎている。サービスエリアで三度休んだだけで勇太は運転を続けていた。

前方からのヘッドライトで身体《からだ》の位置を立て直した。しかし、腕の力が微妙に抜けていく。

背後から背中を突かれて意識がはっきりした。眠っていたのではないが、その何歩か手前であったのはたしかだ。

「勇太さん、運転、代わったほうがいい」

「そうだぜ、俺は死にに来たんじゃないんだからな」

いつの間に眼を覚ましたのか、加藤が運転席を睨《にら》んでいる。

「加藤さん、代わってくれますか。私は運転できないんです」

「任せろよ。アラブの砂漠を四輪駆動車で走り回ったことがあるんだ」

加藤は高橋の言葉に一瞬怪訝《けげん》そうな顔をしたが、身を乗り出してきた。

「そうしましょう、勇太さん」

諭すような高橋の言葉で勇太は加藤と運転を代わった。

言葉と態度からは思いもよらず、加藤の運転は慎重だった。急に無口になり、前方を睨むように見ている。

勇太と清美は後部座席に移り、助手席には高橋が座った。

清美は座席を倒して眼を閉じている。しかし、眠っていないのは分かっていた。ときどき苦しそうな息を吐いて頭の位置を変えている。

清美の横顔を盗み見ながら勇太の意識は抜けていった。


気がつくと、車はサービスエリアに止まっていた。時計を見ると、二時間余り眠っていたのだ。わずかな時間だが、頭はずいぶん軽くはっきりしている。

「ガソリンスタンドは閉まってます。昨日のうちに売り切れたそうです。この先も同じような状況です」

戻ってきた高橋が言った。

「予備タンクのガソリンを入れよう」

十缶あるタンクの二缶を入れた。駐車場の片隅には十台近い乗用車が止めてあった。ガス欠で乗り捨てていった車なのだろう。

その後もサービスエリアに寄ったが、ガソリンスタンドには長い列ができているか、閉まっていた。すでに売り切れて、補給が途絶えているのだ。ラジオも雑音が多く、入りにくくなっている。基地局が壊れているのか。

闇の中にヘッドライトの光芒《こうぼう》のみが前方を照らしている。高速道路の外灯もずいぶん前から消えていた。

聞こえるのは車のエンジン音だけだ。光と音の消えた世界が広がっている。

時折りサイレンが聞こえてきたと思うと、すごい勢いでパトカーが追い抜いていった。

前後を走る車の五台に一台が自衛隊の大型輸送車だ。

後部座席からエンジン音に負けない加藤のいびきが聞こえてくる。

前のサービスエリアで勇太が再び運転を代わったのだ。加藤のような運転の仕方はたしかに疲れるのだろう。全神経を運転に集中しているという感じだ。

横を見ると、清美が眼を開けて前方を見つめている。声をかけようと思ったが、適当な言葉が思い浮かばない。

「蹴飛《けと》ばしてやれと言いたいけど、今はムリだよな」

勇太は左の親指でバックシートを指しながら言った。

「私は大丈夫。どうせ眠れないから」

「両親も兄さんも生きてるよ。あの津波じゃ、携帯のアンテナなんて完全につぶれてる。電信柱だって、軒並み倒れたり折れてたりしてただろ。あんなに何本も鉄骨が入ってるのに」

「有り難う、勇ちゃん。私、母さんのこと考えてたの。なんにも親孝行できなかったなって。大学卒業したら神戸か大阪の会社に勤めたいと思ってたし。地元に帰る気はなかった」

「それを言ってくれるなよ。俺だって母さんの言うことなんて聞いたことはないぜ。うるさいと思ってただけ。今、死なれたら後悔するだろうな」

言ってからしまったと思った。まだ、亡くなったわけじゃない。

「でも、ずっとおばさんと一緒に暮らしてるでしょ。生まれてからずっと。私なんか家を出たくてたまらなかった。それも、できるだけ遠いところに」

清美は気にする様子もなく言った。

「俺だって死ぬほど家を出たかったけど、音楽をやりながら自立って、ムリだったからな。家を出るのと音楽を天秤《てんびん》に掛けたら、音楽のほうが重かっただけだ」

「それだけ思いつめてやれることがあるってすごいことじゃない。私にはなにもない。家を出ても仕送りを受けながら、お小遣いのために働いて、ただ楽しく生きてただけ」

「それって大事なことだ」

後ろでゴソゴソ動く気配がする。いつの間にか加藤が眼を覚まし、パソコンを出してキーボードを叩いている。

「すげえ。俺もこういう写真撮りたいな。まだ充分に間に合うぞ」

呟《つぶや》くような声が聞こえる。

インターネットで被災地の写真を見ているのだ。

神戸を出て二十四時間だ。まる一日以上たっている。普通に行けば、十三時間と出ていたから、倍近くかかっているわけだ。しかも、まだ着いていない。

磐越自動車道から東北自動車道に入る郡山《こおりやま》ジャンクションの手前だった。

急に前を走る車のスピードが落ちた。

「なんだよあれ」

前方にかなりの数の赤色ランプが回っているのが見えた。十台近いパトカーが止まり、周りに警察官が立っている。

車の列はパトカーに近づいていった。

勇太は警察官の間をゆっくりとバンを進めた。

「なんだかいやだな。監視されてるみたいだ」

「監視してるんだよ。こういうとき、一番必要なのは秩序だ。高速の規制はそのためだ。パスさえ出してりゃ大丈夫なんだろ」

勇太はダッシュボードの上に置いたパスを確かめた。魔よけのお札のようなものだと、加藤から無理やりに取り上げたものだ。

「あの自衛隊のジープの後ろが空いてる。あの後に付けろ」

加藤が身を乗り出してくる。

「慌てるなよ。パスを見えるように置いてる。これで問題ないんだろ」

「ジープに遅れずについていくんだぞ。何があっても止めるな」

そのとき誘導棒を持った警察官が近づいてきて、自衛隊の車列から離れるように合図した。

「このパスが見えないのか」

「高速は緊急車両だけだ。高速を降りて国道に回れってさ」

勇太が窓を開けて文句を言おうとしたが、加藤が怒鳴るような声を出した。

「このパスは緊急車両用じゃないのか」

「救急車、警察車両、自衛隊の車両だけだ。支援物資の輸送車はここまでだ」

警察官がそう言った。勇太は納得がいかなかったが、警察官の誘導に従って高速道路の出口に向かった。数台の車が止まって、警察官と言い合っているのが見えた。

バンは高速道路を降りて国道四号線に入った。

「渋滞はしていないようです。このまま一関《いちのせき》まで行って、気仙沼に向かいましょう。

高速に沿って走るので、この状態だと大して違わないと思います。信号が止まっているので注意してください」

高橋が地図を見ながら言った。

「おい、見たか、今の。家が半分潰れてたよな」

加藤がウインドウを開けてカメラを突き出している。時折り、ヘッドライトの光芒に、曲がった電柱や傾いた木造家屋が浮かび上がるのだ。

「窓、閉めろよ。それとも止めてやるから降りて撮れよ」

「俺が撮りたいのは津波だ。ここはかなり内陸だ。津波の影響なんてないだろ。しかし、地震ってのは怖いな」

走るにつれて周りを走る車は少なくなった。街灯はすべて消えている。

他の車のヘッドライトが見えなくなると同時に、周囲は完全な闇になった。

「地球って、こんなに暗かったのか」

勇太は思わず呟いた。視野に入るのはバンのヘッドライトの光と、その先にある地面だけだ。周囲に光はまったくない。

闇の中に続くのは普通の町だ。しかしどこか違っている。空気に元気がないのだ。しおれている。

「そろそろ一関です。そこから気仙沼街道に入ります。気仙沼はその先です」

高橋の声が背後から聞こえる。

バンは一関から気仙沼街道を東に向かって走り始めた。

「スピードを落として」

高橋の言葉に勇太はブレーキを踏んだ。後ろで、加藤が転がり落ちる音と「いてぇ」という声が聞こえた。

闇の中を走り始めて十分もたっていなかった。

前方に赤色灯が回っている。パトカーが二台止まって、その前に赤色棒を持った警察官が数名立っている。

「パスを貸してくれ」

勇太は振り向いて加藤に言った。

「バンに東北支援物資って描いてるだろ」

「町内会のペンキ屋が描いたんだ。東京都のパスのほうが有効だろ」

勇太は加藤が出したパスを若い警察官に見せた。

警察官は集まってパスを見ながら何か話している。

「なんだかもめてるぜ。あのパスは本物なのかよ。だいたい、東北に行くのになんで東京都のパスなんだよ」

「家族が東北にいれば、車の通行制限地区にも入れるんだよ」

五分ほどして警察官がパスを持って帰ってきた。

「我々は引き返すことを勧めますが、強制ではありません。ここから先は自己責任で行ってください」

「通ってもいいんですか」

「家族がいるんでしょ。心配でしょ。僕も祖父母が宮古《みやこ》にいるんです。何度電話しても通じないし。仕事、ほうって探しにも行けないし」

「彼女の家族と連絡が取れなくなったので探しに行くところです。それに、支援物資も積んでいて――」

「通れって言ってるんだからさっさと行けよ。このまま気仙沼まで行けますよね、お巡りさん」

加藤が身を乗り出して、勇太の言葉をさえぎった。

「道路がかなり波打ってますよ。通れないこともないですが、自己責任でお願いします。それに、ガソリンスタンドはすべて閉まっていると思ってください」

警察官はバンから一歩下がって言った。

「ガス欠で動かなくなっても、助けには行けません。とにかく、迷惑だけはかけないでください」

警察官は事務的に言うと、あとは勝手にという顔でパトカーのほうに戻っていった。

勇太はアクセルを踏み込み、本線に入っていった。

「なんだよ、あのおまわり。通すのなら、黙って通せと言いたいよ」

加藤が後部座席にふんぞり返って言った。

「あんたのパスって本当に有効なのか。偽物じゃないのか」

「都庁でもらってきたんだ。都知事の印鑑も押してある」

「そんなのパソコンで簡単にできるだろ。総理大臣のパスだって作れる」

「パスが効いてるから通れたんだよ。あの若い警察官、じっと見てただろ」

「清美を見てたんだよ」

「マスコミ報道はキレイごと中心だけど、偽造の通行許可書を作って、走り回ってるのが腐るほどいたよ。ブルーシートや水のペットボトル、マスクなんかを市価の三倍、四倍で売りつけるんだ。ブルーシートなんか十倍で売ってた奴もいたぜ。雨が降ったら、瓦が落ちるって脅かしてな。外国のメディアが大震災でも日本では略奪が起こらないなんて感心してたけど、空き巣、詐欺、火事場泥棒は山ほどいたぜ。そういうのは絶対に死刑だ」

勇太は源一が阪神・淡路大震災の報道特集のテレビを見ながら、言っていたのを思い出した。

「パスなんて本当に必要なのか。けっこう走ってるぜ」

スピードは出していないが、周りには数十台の車が走っている。

「あんた、ウソついたんじゃないだろうな」

勇太は繰り返した。

ドスンという音と共に車が大きくバウンドした。勇太はハンドルにしがみついた。車がアスファルトの盛り上がりに乗り上げたのだ。こういうバンプが目立ってきた。

「バカ、しっかり前を見て運転しろ。道路が波打ってるって言われたばかりだろ。これからますますひどくなるんだからな」

バンは闇の中を走り続けた。

ヘッドライトの光の中に、気仙沼と書かれた標識が浮かび上がる。カーナビによると、すでに気仙沼の駅前を通過している。そこから海方向にしばらく走って南に向かうと、目的の磯ノ倉町だ。

「ここはどこだ」

「もう磯ノ倉に入ったはずです」

高橋が答えたが、あまり自信がありそうでもない。何度も地図を見直している。

「当たってるぜ。海はこの近くだ」

加藤はパソコンの地図を見ながら言った。彼のデイパックはＩＴ機器の展示場のようだ。折りたたみ式のソーラーパネルも持っている。携帯電話なら充電できるそうだ。

清美はフロントガラスに身を乗り出すようにして前方を見ている。

「清美、見覚えあるものないか」

「見えるわけないだろ。こんな闇だぜ」

その通りだ。光芒から一センチずれれば、何があるかさえ不明だ。

「どこかに止めて明るくなるまで寝ようぜ。みんな寝不足の顔をしてる。脳ミソだってかなり疲れてるだろ」

勇太は慎重にバンを路肩に寄せた。

ヘッドライトを消して源一が持たせてくれたランプ型のライトをつけた。淡い光が車の中を照らしている。エンジンを切ったとたん、車内は寒くなった。

「エンジン掛けろよ。寒くて我慢できないぜ」

「ガソリンは貴重なんだ。その辺、走ってこいよ。少しは、暖かくなる」

勇太の言葉に、加藤は何も言わなかった。

三時間ほど前に寄った、サービスエリアの売店で買った缶コーヒーと菓子パンを食べたが、全員が口数は少なかった。

勇太は源一の黄色のアノラックを着てシートに座り直した。思ったより、柔らかく暖かだった。ギックリ腰は少しは良くなっただろうか。二、三日はあのまま、ベッドで固まっているはずだ。ここ数年は年中行事になっている。一年に一、二度は必ずああなる。最初の二、三回は大騒ぎしたが、以後は騒ぐのは本人だけだ。ベッドからトイレまで十メートル余りだが、一人で一時間近くかけて往復している。手を貸すとかえって痛がるのだ。

清美を見ると、白いダウンコートに包《くる》まるようにして眼を閉じている。静かな息遣いが聞こえていたが、軽いいびきに変わった。勇太はなぜかホッとした気分になった。何とか故郷に行き着いて、やっと眠りにつけたのだ。

勇太はトランペットを出してマウスピースを付けた。

唇を横に引いて口の形を作る。腹に力を入れた。息は腹で吸って腹筋でコントロールする。中学でトランペットを始めて以来、寝る前に欠かさず続けてきた勇太の中で唯一、誇れるものだった。トランペット奏者として限界を感じ始めて、何度も止《や》めようと思ったが止められなかった。どんなに眠くても、どんなに疲れていても、どんなに酔っ払っていても、これをやらなければ眠れない。儀式のようなものだ。

本当は音を出したいが中学時代に隣のお婆さんに、「私は心臓が弱くてね」と言われて以来、深夜、家で吹くことはなくなった。

五、六回、同じ動作を繰り返してトランペットをケースにしまった。

後部のスライドドアが開いて、冷気が流れ込んできた。怒鳴りつけようとしたのを何とか思い止《とど》まった。清美を起こしたくなかった。

懐中電灯の光が道路を移動していく。五メートルほど行ったところで立ち止まり、バンに背を向けた。すぐに小便の音が聞こえてきた。

「明日、追い出してやる」

口の中で呟いた。しかしすぐに、意識は消えていった。

第三章　三月十三日

1

眼《め》が覚めると、辺りは薄明るくなっていた。

隣で清美が眼を覚ます気配がした。後部座席では加藤が身体《からだ》を丸めて眠っている。高橋の姿が見えない。

勇太は身体を起こして前方を見た。

「なんだよ、コレ」

勇太の口から思わず声が漏れた。

清美も茫然《ぼうぜん》とした顔で前方を見つめている。

前方に広がるのは何もない世界だ。いや、家の廃材、絡まったロープ、へしゃげた車、船、その他、自転車、風呂桶《ふろおけ》、テレビ、タンス、畳、あらゆる生活用品が大地を覆っている。その数は膨大だが、すべてが元の形を留《とど》めていない。瓦礫《がれき》だ。瓦礫の原がどこまでも続いている。

二人は言葉もなく周囲に広がる瓦礫の荒野を見つめていた。

「うるせえな、朝っぱらから」

背後で声がして身体を起こす気配がした。

軽いため息のような声が聞こえたが言葉はない。

勇太はバンを降りた。清美が無言で勇太に続いた。

冷え切った大気が勇太を包んだ。同時にどぶのような臭いが全身を包み肺に流れ込んでくる。

勇太は不思議な感覚にとりつかれた。何かが違っている。どこか違う星に降り立ったような感覚がするのだ。そうだ、音がない。日ごろは当たり前だと聞き流していた、人の声、風の音、車や電車の音、それらすべてが消えている。勇太の前方には、音のない世界が広がっていた。

「臭いな。ヘドロの臭いだぜ。津波はヘドロまで運んでくるのか」

いつの間にかバンを降りてきた加藤が、顔をしかめて小刻みに足踏みしている。

前方の瓦礫の背後から黒い影が現われた。高橋だった。

勇太たちのほうに歩いてくる。

「磯ノ倉町のどこかであることはたしかですね。でも、道もはっきりしてません。この先は瓦礫で埋まっています」

高橋は一時間ほど周囲を歩いてきたと言った。

加藤が思い出したようにカメラを構えると、無音の世界にカシャカシャと連続したシャッター音が響き始めた。

「俺たちがいるところ、どこだか分かるか」

勇太は清美のほうを見た。

清美はこの光景を眼に焼き付けるかのように前方を見つめている。

「あっちに南金沢《みなみかねざわ》駅の看板がありました。国道から流れてきたのかもしれませんが」

高橋の言葉に清美の視線が瓦礫の彼方《かなた》に飛んだ。

「行くぞ」

勇太は加藤に向かって叫び、バンのほうに歩いた。

バンは歩くようなスピードで進んでいく。

道というより瓦礫の隙間だ。自衛隊の車が何度か通ったのだろう。タイヤの跡がかなりついている。ラジオでは地震発生の翌日から、すでに自衛隊が生存者の捜索に入っていると伝えていた。しかし、視野に入る限り人の姿は見えない。ただ、同じような荒涼とした光景が続いているだけだ。

「ここはどこなんだ」

勇太は清美を見た。

「磯ノ倉よ。昨夜、気仙沼の駅前を通ったでしょ。暗くて見えなかったけど、駅も駅前のホテルもあったはず。それから港に向かって、南のほうに走った」

清美は一言ひと言を記憶の奥から引き出すようにしゃべった。そしてゆっくりと辺りを見回した。

「東浜街道《ひがしはまかいどう》を南に向かって――。橋を渡って――。じゃここは中川《なかがわ》を渡ったところ。病院も、自動車の販売所も、タクシー会社も、スーパーやコンビニもあったはずなのに」

清美の声が途切れ、視線は漂うように辺りに流れている。自分の知っている町とのあまりの隔たりに清美自身が困惑しているのだ。

眼の前に広がっているのは瓦礫の連なりだけだ。その中にぽつりぽつりと取り残されたような外壁だけのビルや鉄骨が建っている。周りに、へしゃげた数台の車がまとわりつくように引っかかっているものもある。

「ここから先には進めないぜ。道路なんてないもの。迂回《うかい》するか歩くかだ」

勇太はバンを止めて言った。

「これしていけ」

勇太は各自にマスクを配った。明子に渡された源一からの魔法の箱の中にマスクの束が入っていたのだ。

清美がドアを開けて外に出た。

四人はバンを出て歩き始めた。まだ水は引き切っておらず、いたるところに泥の溜《た》まりができている。悪臭はそこからもしている。

マスクを通して磯とヘドロの混ざり合った臭いが肺に広がってくる。

足元はぬかるみ、膝まである長靴ギリギリのところもあった。

「自衛隊だぞ」

数百メートル先に、瓦礫の中を歩いている自衛隊員たちの姿が見える。手に長い棒を持ち、横に広がって歩いている。

「なんで重機を入れないんだ。道がなければ、何もできないだろ」

加藤が不満そうな声を出した。

「むやみに入れられないんだよ。瓦礫の下には壊れた家や車があって、まだ人が大勢埋まってる。生きてる人もいるかもしれない。それに——」

勇太は言葉を止めた。遺体を探していると出かかったのだ。

加藤もそれ以上は言わなかった。多少のデリカシーは持っているのだ。

「私たちはできるだけ遺体を傷めたくないんです。津波でかなりひどい状態になってて、そのうえ、何トンもある重機で踏まれちゃ痛いでしょ。家族だって痛い」

勇太はラジオで聞いた若い自衛隊員の言葉を思い出した。本当に痛いと思った。少なくとも自分ならそう感じる。

自衛隊の隊員たちは阪神・淡路大震災のときにも、最大限の儀礼を尽くして死者に接してくれた、と源一から聞いている。火葬のために棺《ひつぎ》をトラックで運ぶときは正装して、白手袋をしていたそうだ。もちろん棺を重ねて運ぶということもしなかった。

「なんだこれは」

「よせ！」

瓦礫に刺さっている赤い布のついた棒に触れた加藤に、勇太は鋭い声を上げた。

清美と高橋の視線が加藤に向いた。

「バカ野郎。脅かすな」

「その下に遺体がある。自衛隊の目印だ。あとで消防が搬送に来る」

これも源一に聞かされたことだ。

加藤は一瞬、顔を強張《こわば》らせたがなにも言わず瓦礫の山から下りてきた。

注意して見ると、赤い布の巻かれたいくつかの棒が見えた。

勇太たちはバンに戻り、カーナビを立ち上げた。航空写真で周辺を映し出したが、周囲の風景とは違いすぎている。写真は地震前のものだ。

「今、俺たちはコンビニの駐車場にいるはずなんだ」

「そうかもしれんな。あの瓦礫から突き出してるのコンビニの看板だぜ」

「だとすると、清美の家はあっちだ。一キロほど南東だ」

勇太の指さすほうはやはり瓦礫が続いているだけだ。鉄骨の骨組みだけになったビルが何かのモニュメントのように建っている。

「行けるところまで行ってみるか」

勇太はバンをスタートさせた。

「気をつけて行けよ。自衛隊の車じゃないんだからな。タイヤなんて赤ちゃんの肌みたいなもんだからな。釘がちょっと刺さっただけで死んじまうと思え」

加藤はカメラのシャッターを切りながら、呪文のように唱えている。

勇太はバンを慎重に、歩くような速さで進めていく。釘の出ている材木や尖《とが》った金属片も多く、踏みつければパンクする。

迂回を繰り返しながら、しばらくバンを走らせて止めた。

助手席の清美が勇太の腕をつかんだからだ。

「見覚えがあるのか」

言ってからバカなことを聞いたと後悔した。あるわけない。こんな光景を見るのは誰だって初めてのことだ。

清美はバンを降りて歩き始めた。

勇太たちも急いでバンを降り、清美のあとに続いた。

2

清美は時折り立ち止まり、周囲の瓦礫に近づいては確かめるように見つめている。瓦礫の中からコンクリートの柱が突き出ている。

「山田《やまだ》さんちの門」

「お前の家はどこなんだ」

「三軒となり」

ぽつりと言った。

しかし隣も、その隣も柱や壁や屋根の一部らしい瓦礫が積まれているだけで、人の住んでいた家の痕跡などない。

周囲を歩き回っていた清美がその場にしゃがみ込んだ。下を向いたまま動かない。

勇太が近づいて清美を見下ろした。

「何にもない。全部なくなってる」

呟《つぶや》くような声が聞こえた。

「お前の家、ここか」

「ここが私の部屋。玄関の真上の二階だった」

「何もないじゃないか」

思わず出た言葉だった。

清美は答えず、しゃがんだまま顔を上げ、辺りを見回している。

背後でシャッター音が聞こえ始めた。振り向くと、加藤が清美にカメラを向けている。

勇太は加藤に近づいてカメラのレンズを押さえた。

「よせよ。清美を撮るのは」

「俺はカメラマンとしての役割を――」

「ちょっとは人の気持ちも考えろよ。自分ちがああなったら、どんな気分だ」

「やめて」

清美の声に二人は動きを止めた。

立ち上がった清美が二人を見つめている。

「もうやめて。撮りたきゃ撮ればいいわ。その代わり、その写真、必ず役立ててよ。ここの人たち、ここに住んでた人たちのためにも」

清美はそう言うと、再び辺りを歩き始めた。

材木と家具、家電製品、衣服らしきものが泥と瓦礫に埋まっている。ひどく変形しているが、一目で分かるのは車だ。しかし、それも捩《ねじ》れたり、剝がれたり、へしゃげている。それがどこまでも続いているのだ。地の果てまでも続いているような気さえした。

清美は棒で小さな瓦礫の山をかき分けながら、歩いている。

「何を探してるんだ。手伝うよ」

「何って、自分でも分からないわ。何か覚えているものがあればいいと思って」

高橋がやって来て、清美に泥だらけのアルバムを差し出した。ローマ字でAKIYAMAと書いてある。

「うちのじゃない。同姓だけど。この辺りに同姓の家はなかったから、どこか遠くから流れてきたのね」

「どうしましょう」

「見えるところに置いておきましょ。きっと、探してると思う」

清美はアルバムを瓦礫から突き出ている門柱の上に置いた。

加藤はその間も興奮を隠せない様子で辺りの写真を撮りまくっている。

「明るいうちに家族の居場所を探したほうがいいんじゃないか。必ず、どこかに避難してるぜ」

勇太の言葉に、清美は頷《うなず》いた。

「どこに行く。警察で聞けばいいんだろうけど、やっぱり流されてるだろ」

「近くの避難所に行ってみる。たしか、小学校と中学校が避難所になっていた」

毎年何回か避難訓練があるの。町内の三分の一くらいが参加してたかな。うちの町は昔に何度か地震と津波にあってるから防災意識は高いのよ……。以前、そう清美が源一や町内会長と一緒に話しているのを聞いたことがある。

勇太は浸水地区に沿ってバンを進めた。

どこまで行っても、同じような光景が続いている。

残っている建物も、まともに建っている建物はほとんどない。鉄筋の建物も、半数が壁を壊され、鉄骨がむき出しになっている。

清美は何度か道を訂正した。清美もどこを走っているかつかみかねているようだ。

「止めて」

清美が叫んだ。

「あれが私の中学校よ」

前方に三階建ての建物が見えている。

遠目には何ごともなかったような中学校も、近づくにつれて普通ではないことに気づいた。屋上に見えていた赤いものは車だった。横転した赤い乗用車がボンネット部分を屋上の柵《さく》から突き出しているのだ。その横には、乗用車に寄り添うように巨大な給水タンクが倒れている。

校庭は大部分を瓦礫が埋め、校舎のガラスは一枚もなかった。窓枠には海藻やビニールシートの断片が引っかかり、風に揺れていた。

校庭の真ん中に瓦礫をかき分けるように細い道ができているのは、すでに捜索隊が入った跡なのだろう。バンはその道をゆっくりと入っていった。

真ん中辺りにバンを止めて全員が降りた。

「避難所になってたのよ。年に二回、避難訓練もやったのよ。ちょっと高い所にあるでしょ。だから、みんなここに避難すれば大丈夫って言ってたのに。それなのに……」

清美は校舎を見据えたまま、震えるような声を出しながら近づいていった。

「見ろよ。すげえ」

加藤の言葉でレンズの先を見ると、十メートルほどの漁船が校舎の側面の壁を突き破っている。船体の三分の一ほどが校舎の中に入っているのだ。

校舎の前に立って見上げると、屋上から乗用車の赤いボンネットが見えた。風が吹けば落ちてきそうだ。

「高さ十メートル以上はあるぞ。波はあそこまで来たんだ。流されていた乗用車が屋上の給水タンクに引っかかって止まった」

「避難所だったんだろ。避難してた人はどうなったんだ」

言ってからしまったと思ったが、清美は校舎を見つめたまま何も言わない。

校舎の正面玄関を入ると、ホールになっている。

「ここに陳列棚があって部活のトロフィーや賞状が飾られてた。中央に大きな水槽があって、亀を飼ってたのよ。どうなったのかしら。廊下の最初の部屋が職員室で、その横が校長室」

清美は独り言のように呟きながら周囲を見回している。

ホールにはまだ泥が溜まり、数十個の机や椅子が散乱していた。教室から流れ出たのだ。その間にごつい靴跡が無数についている。

「もう捜索の自衛隊が入ってる。ここには誰もいない」

勇太は奥に入ろうとする清美の腕をそっとつかんだ。

清美は勇太の腕を振り払うようにして奥に進んでいく。そのとき、身体が左右に揺れた。その揺れはすぐに大きな揺れに変わっていく。

「余震だ。外に出るんだ」

勇太は今度は清美の腕を強くつかんで校舎の外に引きだした。

高橋と加藤もすでに外で校舎を見上げていた。ボンネット部を突き出した乗用車が、今にも落ちそうに揺れている。

余震は一分近く続いて、収まっていった。

「ここにいないとしたら、他に心当たりはないのか。よく思い出せ」

「他の避難所に行ってみましょう。もっと高台にある学校や公民館は、避難所になっているはずです」

高橋の言葉に、全員がバンに乗り込んだ。

勇太は慎重にバンを進めた。自衛隊の大型車両らしいタイヤ跡はついてはいるが、まだ一般車両の入った跡は見られなかった。無数の廃材が力強いタイヤに踏み砕かれて辺りに散っている。

清美は無言で窓の外を見つめている。あの中学校の避難所のことを考えているのか。あの避難所に避難していた人の運命を思った。

加藤のシャッター音だけが車内に響いていた。

勇太はバンのスピードを上げた。

「お父さん、町役場に勤めてるんだったな。役場ってどっちだ」

清美は答えない。答えたくても分からないのだ。

道の多くが瓦礫で塞がれている。迷路のような道を小刻みにハンドルを切りながら走った。

「ゆっくり走らせろ。これじゃ、いくら手ブレ防止がついててもダメだぜ」

加藤がカメラを構えたまま言った。

「気をつけてください。もっとスピードを下げて。瓦礫を踏めば、すぐパンクします」

高橋の言葉が終わらないうちに、バンが大きく跳ね上がった。何かに乗り上げたのだ。その後は振動が地面から直接伝わってくる。

「止めろ。言わんこっちゃない」

加藤がカメラのファインダーから眼を離して首を窓から出した。

「右の前輪がパンクしてる。材木をふんづけたんだ。釘付きのな」

バンを止めて降りて見ると、たしかにタイヤがつぶれている。

「今時のタイヤは釘が刺さったぐらいじゃ、抜かなきゃしばらくは大丈夫なんですがね」

高橋がタイヤを調べて、何かが刺さった跡があるのを見つけた。

「スペアタイヤがあるだろ。早いとこ替えて出発しようぜ」

「支援物資の下だ。道具も入ってる」

「これを全部下ろせってか。水のボトル、カセットコンロとガスのカセット。ブルーシートや毛布もある。何百もってきたんだ」

加藤がバンの後部の荷台を見ながら言った。

「何時間かかるか分からんぜ。日が暮れてしまう」

「このまま走れって言うのか。だったらあんたは降りて歩いてくれ。俺たちはここで修理してから出発する」

「手伝えばいいんだろ。最近はパンクしないタイヤだってあるんだ。自衛隊の車なんてそうだと聞いてるぜ」

「来てください」

瓦礫の山の陰から高橋が大声を出している。

勇太たちが行くと、バンが前部を瓦礫に突っ込んだ形で埋まっている。

「同じような型です。タイヤもたぶん同じです」

「人の車だぜ。黙って取ったら泥棒になる。ラジオで言ってただろ」

「こんな状態で動くと思うか。タイヤは津波に流されたと思えばいいじゃないか」

「法律じゃ、そこらに転がってるモノにも所有者がいるんだ。むやみに手をつけちゃいけないんだ。自分ちの庭に突っ込んできた車だって廃棄するには所有者の許可がいるんだ。津波でボロボロになった家も勝手に壊しちゃいけないし、流されてとんでもないところに残された家だって同じだ。親父《おやじ》が言ってたぜ」

「お前の親父、弁護士か」

「料理人だ。でも、震災関係だけは勉強してるんだ。神戸の震災のとき、町の区画整理や立ち退《の》きでさんざんもめたから」

加藤は勇太を無視してバックドアを開けた。

床のシートをめくると、スペアタイヤと工具が入っている。

加藤が工具を取り出して高橋に渡すと、すぐにバンをジャッキアップして、パンクしたタイヤを外しにかかった。

「持ち主の分かりそうなものないのか」

勇太は言いながら、運転席の窓をふさいでいる瓦礫の隙間から中をのぞいた。

「やめたほうがいい」

高橋の声と勇太の悲鳴は同時だった。しかし勇太の悲鳴のほうが数倍デカかった。

「遺体がある。車の前部に二、三人だ」

「車に乗ってて津波に巻き込まれて溺れたんでしょう。それからバンが瓦礫に埋もれたんです」

「遺体は遺体だ。動きだしたりしない」

加藤はガラスの割れた窓からカメラを入れてシャッターを切り始めた。

「イヤな野郎だぜ。いずれ自分が撮られる側になるんだ。大口開けて動かなくなったところだ」

勇太は加藤に聞こえるように言ったが、加藤はバンをまわり、角度を変えて撮り続けている。

「もうこの車は使えません。有効に使いましょう。持ち主だってそのほうが喜ぶ」

高橋はバンに向かって手を合わせて言った。横では清美も眼を閉じて長い時間手を合わせている。

勇太と高橋はバンのタイヤを外してスペアタイヤに付け替えた。

「あっちのバンのタイヤを外してください。持っていきましょう」

「パンクは一本だぜ」

「すぐにまたパンクします。そのとき、慌てるのは嫌でしょう」

勇太は高橋の言葉に従って、タイヤを外した。

「どうせならもう一本もらって行こうぜ。先は長いんだ」

加藤が勇太からジャッキを取った。

三十分ほどでタイヤの付け替えが終わった。津波に呑《の》まれたバンから外した二本のタイヤをバンに積み込んだ。

「何やってるんだ」

加藤が高橋に聞いた。

高橋は瓦礫の中から探し出した三メートルほどの竹竿《たけざお》の先にハンカチを結び付け、バンの窓にさしている。

「これで遺体があることが分かります」

「前のは赤い布だったぜ」

「これで充分です」

「よく知ってるな」

「ええ、まあ……」

　高橋は曖昧に答えてバンから一歩下がった。

「それで、お前は何やってる」

　加藤は勇太に向かって聞いた。

「見りゃ分かるだろ」

「壊れた車にタイヤを点《つ》けてどうする。それもパンクしてるのを」

　勇太がバンの外したタイヤの後に、パンクしたタイヤをつけていたのだ。

「俺たちは、泥棒じゃないんだ。残りのタイヤは借りるだけだ」

　加藤は何か言いたそうに口を開きかけたが、肩をすくめただけだった。

　高橋がバンに向かって再度、手を合わせている。勇太も慌てて手を合わせた。加藤も両腕を身体につけ、眼を閉じて頭を下げていた。

　清美のほうを見ると、三人に背を向けて変わり果てた町を見ている。

　シャッター音が聞こえた。加藤が清美にカメラを向けている。

四人はバンに引き返した。

勇太はバンに乗り込もうとした加藤の肩に手をかけた。

「ここらで別れようぜ。あんたは写真を撮りに来たんだろ。俺たちは清美の家族を探しに来たんだ」

「こんなところで残されて、どうしろって言うんだよ」

「自分で考えるんだな。考えるのは苦手か」

勇太は加藤のデイパックをバンから下ろすと、運転席に乗り込んだ。

バンをスタートさせた。バックミラーの中に、バンを見ている加藤の姿が映っている。

「可哀《かわい》そうよ。乗せてってあげましょうよ」

「あいつ、人の不幸を写真に撮って、金もうけしようとしてるんだぜ」

「仕方がないじゃない。カメラマンなんだから。勇ちゃんだってトランペットを吹けるチャンスがあれば、どんな状況でも逃したくはないでしょ」

そんなことはない、喉元まで出かかった言葉が言えなかった。どこかに、何とかして這《は》いあがりたいという気持ちはある。加藤にとって、今が、ここが、最大のチャンスなのかもしれなかった。

しかし、勇太はアクセルから足を外そうとはしなかった。

清美がドアの取っ手に手をかけて開けようとした。

勇太はバンを止めた。しばらくして、バックミラーに走ってくる加藤の姿が見えた。

加藤が清美に向かって手を挙げてバンに乗り込んでくる。

「今度、俺たちにカメラを向けたら本当に置いていくからな」

「あんたには向けないよ。しかし、清美ちゃんは別だ」

降りろという言葉が喉元までせり上がったが、何も言わなかった。

勇太はアクセルに乗せた足に力を込めた。バンは弾《はじ》かれたように飛び出した。

「こりない奴だな。またパンクさせたいのか」

ブレーキを踏むと、シートから転げ落ちる音が聞こえた。

しかし、十分もたたない間に重い響きが聞こえてきた。

バックミラーをのぞくと、加藤が首を垂れている。

3

「本当にこの辺りだったのか」

「そう思うんだけど——」

清美の父親が働いていたという磯ノ倉町の町役場があったはずの場所にやってきた。

途中、何度も車を止めて、清美が降りて辺りを見回している。ずっとここに住んでいた清美にすら、どこだか分からなくなっているのだ。

やはり眼前に続いているのは、瓦礫に埋もれた地区の一画だ。見えるのは瓦礫ばかりだ。骨組みだけになった数戸の戸建てが何かのモニュメントのように残されている。

清美はもう十分も前から周囲に眼をやっている。

横には鉄骨だけになった建物の残骸が忘れられたように建っている。

加藤がカメラを構えている。近づくと、ひっきりなしにシャッター音が聞こえてくる。レンズが瓦礫の原から清美に移っている。勇太は何気ない様子で清美と加藤の間に立った。

高橋は瓦礫の間をゆっくりと歩いている。時折り、立ち止まっては瓦礫を手に取ったり、顔を近づけて見たりしている。

しばらくして、高橋が泥だらけの一枚の紙を持ってきた。隅に「磯ノ倉町役場」という文字が印刷されている。役場の広報紙だ。

「ここから百メートルほど先に紙の束が落ちてました。その中の一枚です」

「じゃ、そっちに行ってみよう。町役場跡地だ」

勇太の言葉にも清美は動こうとはしない。そして、横の残骸に眼を向けた。

「やっぱりここのような気がする。この鉄骨は病院」

のか」
「役場の広報誌の束は、百メートルほど行ったところにあったらしいぜ。そこじゃない
「流されたんだろ。町役場はここにあったが、流されていった」
加藤が勇太の手から広報誌をつかみ取った。
「あの役場が流されるだなんて。町役場は三階建ての大きな建物だったのよ。古いこと
は古い建物だったけど」
清美がムキになったように言った。
加藤が骨組みだけになった残骸を、カメラを構えて見上げている。
「こいつも三階建てだ。これが水を被《かぶ》ったっていうと、津波は十メートル以上ってわけ
か。役場は地震で壊れたところを津波が持ってったんじゃないか」
「建物はかなり古かったけど、耐震補強はやってたわよ。壁に筋かいを入れただけだけ
ど。みんなは危ないって言ってたわよ。でも、いざというときは、裏の高台に逃げるっ
て決まってたの。年に二、三回、避難訓練だってやってたのよ」
でも、と言って背後に眼をやった。すっかり見通しのよくなった風景の中にたしかに
小高い場所がある。
「あれが高台か」
清美は頷いた。

高台といっても、十メートルほど高くなっている狭い場所にすぎない。今は頂上付近に木々が数本残っているだけだ。

犬を連れた老人が通りかかった。

勇太たちを胡散臭《うさんくさ》そうに見ている。男三人、女一人のグループが瓦礫の中をうろうろしているのだ。警察を呼ばれてもおかしくはない。

「ここ町役場のあった場所ですよね」

清美は老人に聞いた。

老人は一瞬、眉根を寄せて清美を見直したが、頷いた。

「それが磯ノ倉の町立病院だべ」

老人は勇太の背後にある鉄骨を指した。やはり、ここがそうだ。

「この辺りには、他にもいろんな建物があったんでしょ。それがすべて流されたんですか」

「わしだって驚いてっから。前の津波にも、戦争にも、生き残りさった役場だべ。ところが今回の津波で持ってらさった。きれいさっぱり。なんも残ってないべ」

「町役場の職員の行方は分かりませんか」

清美に代わって勇太が聞いた。老人は考え込んでいる。

「この辺りは津波がみんな持ってらさったから。職員もずいぶん亡くなったって聞いてっから」

清美の顔が蒼《あお》くなった。

「この病院、三階建てでしょ。それがすっぽり水を被ったっていうんですか」

加藤が病院の残骸の屋上を見上げながら言った。

「すごい津波だったべ。黒い壁が、ゴオーッと押し寄せてきて、あの屋上を完全に呑み込んでた。屋上に逃げた病院の職員ば大部分が流された。ひどい波だったべ」

「全員、屋上に逃げたんですか」

「病院の隣に老人ホームがあったべ。町役場の職員の何人かが年寄りば担いで、裏の高台に避難することになっとる。そっちに回った職員は助かったらしい」

町役場から五十メートルほど後ろが土手になっていて、細い道が高台へと続いている。上の道をトラックが砂煙を上げて通っていった。

「じゃ、町役場に残った人は、全員亡くなったってことですね」

「大部分の職員ば流されたって聞いとるけんど、助かった人もいるとも聞いとる。病院ば逃げて屋上の柵さつかまってなんとか流されなかったということだべ。人の生き死になんて、ほんのちょっとで決まってくるだ」

「生き残ってる人はどこに行ったか知りませんか」

「どこかの避難所に行ったんじゃねえか。そこすか行くところないだろ。これだけきれいに持ってかれっと」

「おじいさんは津波のときはどこに」

加藤が老人に向かってカメラを向けながら聞いた。

「わしの家ばもっと上だべ」

小高い丘の上を指した。数軒の家が何ごともなかったように建っている。

「明治の津波でうちの先祖は平地を捨てたんだべ。その津波じゃ、この辺りは十メートルを超える津波ば来たらしい」

「前の津波って？」

「明治三陸大津波だべ。知らんっちゃ？」

加藤は首を横に振っている。

「明治二十九年に三陸海岸ば襲った津波で、二万人からの死者、行方不明者を出しとる。写真撮りに来るなら、そのくらい勉強してくんだな」

老人は加藤をじろりと見て、行くぞと犬の首輪を引き、行ってしまった。

「とにかく避難所に行ってみよう。そこで聞けば何か分かる」

「避難所といっても、どこにあるんだ。この辺りは何もないぜ」

「もっと安全な場所だろ。高台に行ってみよう」

「松南《まつなみ》中学校に行ってみましょ。あそこは高台にあって、避難所になってるはず。小学校や役場が使えなくなってるのなら、みんなあそこにいるのかもしれない」

四人はバンに戻った。

勇太は清美の指示に従ってバンを西に向かって走らせた。


「かなり大きそうだな。千人じゃきかない」

加藤が運転席に身を乗り出してきて嬉《うれ》しそうな声を上げた。

運動場の半分以上に乗用車が止められて、校舎の前にはドラム缶がいくつも置かれて火が焚《た》かれていた。その周りには、人が集まって暖を取っている。

自衛隊の大型トラックも数台止まっていた。その横にあるのは、テニスコートを改造したヘリポートだ。

勇太たちは中学校の正門近くにバンを止めて、校舎のほうに歩いた。

この中学校は地震にも津波にも、ほとんど無傷のようだった。数時間前に見た清美の中学校とは雲泥の差だ。

赤々と炎を上げるドラム缶の周りには椅子が並べられて、十人以上の男女が暖を取りながら話をしている。それでもじっとしていると、冷えは大地から突き上げてくる。

「暖かいので驚きました」

アルバイト募集の張り紙を見て初めて清美が来たとき、源一が「神戸はどうだ」と聞いたことへの清美の答えだ。東北人は寒さに強い、勇太の感想だった。

ドラム缶の周りの人は、勇太たちにもまったく注意を払う様子はない。

「あっちが入り口。中に事務局があるから行ってみる」

清美は一人でどんどん歩いていく。勇太たちは後についていった。加藤は何気ないふうにカメラを向けてはシャッターを切っている。これだけの避難住民の中では、今までのようにむやみに写真を撮りまくる度胸はないのだろう。

入り口の前に長机が置かれて初老の男がパソコンの前に座っている。

「この女性は両親を探しに、神戸からここまで来ました。父親は秋山夏彦《なつひこ》。町役場の職員です。その妻、絵里《えり》。看護師です。この避難所にはいませんか」

勇太は男の前に行って説明した。

「もう情報が錯綜《さくそう》して何がなんやら分からないね。もう少しやりようがあると思うんだけどね」

男はパソコンに眼をやったまま答えた。

「町役場はどこかに仮役場ができてるはずだよ。そうでなきゃ、町の者が困るだろ。それとも職員全員が流されたか」

「情報がまったくないんです。だから、避難所を回っているんです」

清美が身を乗り出してきて言った。

「消息が分かれば、この携帯番号に――」

「この状態を見てくれ。個人の対応は無理だね。入り口の伝言板に書いておくといい。毎日、何十人もの人が見に来る。誰かが知ってるかもしれない」

正面ホールに入ると、さらに多くの人がいた。

壁の前に人垣ができている。

「なんですか」

清美が横にいたおばさんに聞いた。

「ここに避難してる人のリストよ。すごいでしょう」

清美が人をかき分けて前に行き、ぎっしりと書かれた名前を眼で追っている。

「あれで全員ですか」

勇太はおばさんに聞いた。

「分からない。でもたぶん、あまり正確じゃないわよ。正確なリストを作れって言われても、ムリな話なんだけどね。なんせ、初日は千人、二日目には二千人、今は三千人近くが避難してきてるんだから。ここは比較的いろんなものがあるからね。町の備蓄食料も半分以上がここにきてるって話」

「えっ、なんで」

シャッターを切り続けていた加藤がカメラを下ろして聞いた。

「ここらで五カ所あった避難所で、無事だったのはここだけだからね。他の四つはすべて津波に流された。そっちの分の緊急物資もすべてここに運ばれたのよ。もっとも、今じゃこの地域周辺の避難者がみんなここに集まってきて、すごい定員オーバー」

「磯ノ倉町の避難者は全員ここってことですか」

「生きてる者はね」

そう言って、視線をもう一方の壁に向けた。やはりそこにも人垣ができている。

「この辺りで見つかった遺体で、所持品から身元が分かった人の名前よ。つらいよねえ。でも行ってみるかい」

清美が戻ってきた。

「なかったのか」

勇太の言葉に清美は頷いた。

「リストはあまり正確でもないらしいぞ。中を回って探してみるか」

他に言いようがなかった。

「両親の名前はなんだったたっけ。俺がもう一度探しておいてやるよ」

加藤が勇太に目配せしながら聞いた。

勇太は加藤に清美の両親と兄の名前を告げると、清美をうながして教室に入った。

避難者は体育館と各教室に分かれて入っていた。

全員が着の身着のままといった感じで疲れ切った表情をしている。かなりの高齢者も多く、大多数が支給された毛布に包《くる》まって横になっている。

「清ちゃんじゃないっちゃ。秋山清美ちゃん」

何番目かの教室に入ったとき声がして、中年の女性が立ち上がった。

「山田のおばさん」

清美の顔が輝いた。

山田のおばさんは人の間をぬうようにして清美のところにやってきた。

清美の前に立ちしばらく見つめていたが、突然大粒の涙を流したと思うと、清美を強く抱きしめた。

「もう、大変だったんだから。すごい揺ればあったと思ったら、津波でしょ。あんなすごいの来ると思わなかったから、小学校の避難所さ行ってたのよ。そしたら、窓さ突き破って水ば入って来て――」

流されたけれど、引き波のときに偶然手に触れた電柱にしがみついて何とか助かったそうだ。

「おじさんと正《ただし》ちゃんは？」

「二人とも無事。何とか助かったべ。うちのはここの炊き出しの当番やってる。正は消防団で救助活動中。あの日以来、消防署に泊まり込んでて会ってないっちゃ」

急に声を潜めて話し出した。

「この部屋の何人かも、家族ば亡くしてね。うちなんて良かったほう。なくなったの家だけだもの。ばっちゃんも無事で家族四人、生きてるからね」

そう言って、部屋の奥を見た。かなりな歳のお婆さんが清美のほうを見ている。清美は頭を下げた。

「うちの家族のこと知らない？」

清美の言葉に、山田は急に表情を引き締めた。

「ここにはいないようだべ。会ってないし、うちのだんなば炊き出しやってっから、いれば分かるはずなんだけど」

山田の声のトーンが突然落ちた。

「あの日の昼さお母さんに会ったんだよ。今日は病院ば休みだべって。これから神戸さ荷物送りに行くって言ってたよ。神戸っていうと清ちゃんだべ」

「それ、何時ごろですか」

「昼食べてしばらくしてからだから、二時ごろだったかね。清ちゃんさ連絡なかったの」

「携帯電話に電話しても、圏外か電源が入ってないって言われるし」

「携帯はダメっちゃ。私だってどこにいったか分からないし、親戚さ電話しようと思っても電話番号ば分からね。親戚の電話番号なんて覚えてねっから。みんなメモリーさ入ってるし、家ば流されたんで連絡先なんて全然分からなくなってる」

山田はため息をついた。

「清ちゃんの両親だって、お兄ちゃんだって同じだよ。連絡取りたいけど取りようがねえべ」

とりあえず清美の携帯電話の番号を教えて、何か分かれば連絡してくれるよう頼んでホールに戻った。

ホールでは高橋と加藤が待っていた。

加藤が勇太を見て両手の人差し指でバツ印を作っている。

清美は避難所に身内が来たときのために、自分の名前と携帯電話の番号を教えてくると、避難所の事務局に行った。

「ダメだったのか」

勇太は加藤のそばに行って声を潜めて聞いた。

「ここの死亡者リストには載ってない」

「紛らわしいことするな。リストにあったのかと思ったよ」

「遺体の身元不明者が二百三十人いるって。それに、行方不明者はリストには載せようがないだろ。こっちの数がすごいらしい。前途は暗いよ」

加藤が会って初めて深刻な顔をしている。そしてさらに、眉根を寄せて声を潜めた。

「磯ノ倉町の人口は約一万七千五百人。現在の時点で行方不明者が約一万人いるらしい。連絡が取れてないだけだろうが。町のほぼ全域が津波にやられたって言ってる」

「それって清美には言わないほうがいいな」

加藤の眼が勇太の肩越しに動いた。振り向くと、清美が事務局から出てきたところだ。

「とりあえず母さんが行ったっていう郵便局に行ってみよう。何か手掛かりが得られるかもしれない」

勇太は戻ってきた清美に言った。

「有り難う。私もそう思ってたところ」

四人はバンまで戻った。

「支援物資、ここに置いてかないのか。避難所に運ぶんだろ」

「あれ見てみろよ」

勇太が眼で指すほうには段ボール箱が積み上げられている。町の貯蔵物資と全国から送られてきた支援物資だ。

「そういえばマスコミが多かったな。ここに置いてく必要はないな。事務局でも支援物資の話は出なかった」

避難所が大規模になれば、マスコミが集まる。それがテレビや新聞で報道されれば、全国からの支援物資を積んだトラックはそこを目指す。報道されていない避難所には、支援物資も多くは届かない。食料すら充分でない避難所も多いと聞いている。

「支援物資を配るのは急ぐ必要はない。清美の家族を探すのが第一だ」

「でも、高橋さんや加藤さんはやることがあるんでしょ」

「俺は充分やってる。ここでもいい写真、充分に撮らせてもらった」

「私も急ぎませんから。ムリして乗せてもらったんです。先に皆さんの目的をすませましょう」

高橋は歯切れの悪い言い方をしている。

「じゃ、とにかく郵便局だ」

勇太はバンをスタートさせた。

「地震の日、清美は母さんと話したのか」

「朝、電話があってちょっとだけ。私、学校に出かける前だったから。でも――」

勇太はそれ以上聞かなかった。清美が話し辛《づら》そうだったからだ。

4

清美の案内で郵便局に着くと、やはり残っているのは建物の基礎部分と瓦礫だけだった。

しかし、すぐに郵便局跡だと分かった。コンクリートの基礎部分の前にポストが残っていたのだ。

瓦礫の中にぽつんと赤い箱が一つ立っている光景は、なんとも不思議な眺めだった。

加藤もそう思ったのか、カメラをポストに向けてしきりにシャッターを切っている。

「見事に何もないよな。ここまで持っていかれると、悲しみを通り越してすっきりしないか」

加藤は居直ったように腕を組んで、遥《はる》か彼方の海に続く光景を眺めている。津波に呑まれる前は、何百という建物に阻まれて海など見えるはずがない、商店街だったそうだ。それが今は、湾に囲まれた海が見渡せる。

四人はしばらくその光景を眺めていた。

そのとき突然、清美の眼が盛り上がったかと思うと、涙が流れ始めた。

「ママは死んだ。私のせいで死んだんだ。私に荷物を送るために郵便局に来てて、津波に呑まれた」

低いがはっきりした声で言った。

「あの朝――」

清美の言葉が詰まった。

「ママから電話があったの。荷物を送るからって。ときどき、宮城の名産なんか送ってくるの。干物や貝の缶詰なんか」

「俺ももらって食ったことあるよな」

「マスターや友達におすそ分けしてる。電話で、卒業してからのことを少し話したの。私は神戸で働くって。ママは一度家に帰ってこいって。いろいろ言い出して、面倒臭いから学校に遅れるって切ってしまったの」

清美の眼からは涙が流れ続けている。

勇太は何と言っていいか分からなかった。

「こんな状態でママがいなくなってしまうなんて信じられない。全部、私の責任。私がママを殺した」

「そんなに死んだって決めつけるなよ。どこかで絶対に清美のこと待ってるよ」

「じゃ、なんで連絡してこないのよ。携帯だって通じないし」

「避難所のおばさんも言ってただろ。状況を考えてみろよ。携帯なんて壊れたか水に浸《つ》かって使えなくなってる。津波から逃げててなくしたのかもしれないし。いくら家族だって携帯の番号なんて覚えてないだろ。電話帳なんてのも流されてるだろうし。連絡が取れないだけだよ」

勇太は必死に言った。なんとか死んでいない可能性を探ろうとしたのだ。清美は黙って聞いている。

「どこかで必ず生きてるよ。清美のことを心配してる」

言ってから何の根拠もないことに気づいたが、それしか言いようがなかった。

加藤が身体をぶるぶると震わせ始めた。小刻みに足踏みしている。いつの間にか冷たい風が海に向かって吹き始めている。

陽《ひ》が沈み始めていた。辺りは急激に光を失い、薄い闇に包まれていく。

「今日はどこかに泊まって、明日また探しましょう」

高橋が誰にともなく言った。

「そのほうがいい。明日また来よう。とにかくどこか泊まるところを見つけなきゃ」

「別の避難所に行ってみる。ママたち、そこにいるかもしれない」

「そうだよな。まだ死んだって決まったわけじゃない」

加藤が言った。勇太が睨《にら》みつけると、「ごめん」と言って、背中を向けてシャッターを切り始めた。

「避難所には泊まれないぞ。父さんが言ってた。泊めてくれると言われても断れって。自分らのことは自分らでやれって。俺たち、別に被災したわけじゃないからな」

「支援物資たっぷり持ってきたんだろ。泊めてくれるよ。だめなら他を回ればいい」

「車さえ止める場所があればいいんでしょう。車の中で寝りゃあいいですよ」

加藤の言葉に高橋が言った。

「親父にも言われた。そのための大型バンだって。どこか高いところに車を止めて休もう。食いものだけは山ほどある。インスタントラーメンだけど」

「ウナギを食いたいなあ。脂がのってて、食ったら車でも片手で持ち上げられるような力の出るウナギ」

加藤が唐突に言った。たしかに、ヨダレの出そうな話だ。

四人はバンに引き返した。

郵便局からしばらく走ったところで、バンの横をカーキ色の幌《ほろ》付きの大型トラックが十台以上列を作って通りすぎていく。

バンが大きく揺れているが、地震の揺れではない。トラックの風圧と重いエンジンの響きで揺れているのだ。復旧に通じる力強い揺れだ。


小高い丘の上に明かりが見える。

勇太はゆっくりとバンを進めた。郵便局跡から三十分ばかり走ったところだ。

バンは山道を歩くような速さで上っていった。さすがにこの辺りには瓦礫はない。津波は上っては来なかったのだ。

道の突き当たりに開けた場所があり、小さな社《やしろ》が建っている。明かりはそこから漏れていた。

「避難してきてるんだろ。ここだと津波の心配はない」

「ここは高波山《こうはさん》よ。昼間なら磯ノ倉湾と町が一望できるのよ。絵葉書にも使われてる。夜は夜景。神戸の六甲山《ろっこうさん》ほどじゃないけど磯ノ倉町のデートスポット」

清美は窓から下を見つめながら言った。

しかし、今は町の光はなく、漆黒の闇が広がるだけだ。そして、その闇は海へと続いている。

お前も誰かと来たことがあるのか、勇太は心の中で呟いた。

山道をわずかにそれた場所にバンを止めた。

携帯コンロで湯を沸かしてカップラーメンを食べた。

七時をすぎたところだが、後はすることはなかった。エンジンを切って暖房を止めた車内はすぐに冷えていった。

シートをわずかに倒した状態で眼をつむると、疲れが全身に広がってくる。それでいて、眠れそうにはなかった。今日一日の刺激が強すぎ、精神の中には地震と津波が渦巻いている。後ろから腹の鳴る音が聞こえてきた。

「寒くはないかね」

勇太たちは飛び上がった。

突然、バンの窓が叩《たた》かれ、声がしたのだ。見ると、懐中電灯の光の中に髭面《ひげづら》の男の顔がのぞいている。

「死ぬほど驚いたぜ。突然、叩いたりするなよ」

　背後で加藤がかすれた声を出した。

　勇太はウインドウを下げた。

「僕たちは友人の家族を探しに来たんです。避難所がいっぱいなんで、どこか安全なところに車を止められないかと」

　髭面が消えたと思ったら、背後に数人の人がいて話し合っている。

「神戸から支援物資も運んできました」

　勇太は窓から顔を出して怒鳴った。何を話しているか気になったのだ。

　髭面が振り向いた。

「どんなものがあるんだね」

「ガスコンロとボンベ。神戸の震災のときすごく便利だったんで持っていけって。ペーパータオルにオシメなんかもあります」

「オシメはいいから、ガスコンロとボンベ、電池、ペーパータオルを少しもらえないか」

「いいですよ。今夜、ここに車を止めさせてもらっていいですか」

　髭面を先頭に、男たちが近づいてきた。

「ガスコンロはどこだね」

勇太たちはバンから支援物資を下ろした。

「私たちは食事中なんだ。よかったら、一緒に食べないか」

行こうぜ、ただでやることないだろ。加藤の声が聞こえる。髭面が苦笑した。

四人はバンを降りて、髭面のあとについて社の中に入った。

中には十本以上のロウソクが立っていた。赤い炎が揺れてどこか幻想的であり、不気味でもあった。

思わず声をあげそうになった。ロウソクの向こうにいくつかの顔が集まっていたのだ。

「暗いと子供たちが怖がるんでね。余震が来たら慌てて消すんだ。懐中電灯の電池はこれで終わりだ」

三家族、十二人が共同生活をしていると言った。

部屋の真ん中にはテーブルが置かれ、鍋が置いてあった。どうやらカキ鍋らしい。

「この辺りはカキの養殖が盛んだった。このカキも近くの加工工場から流出したものだ。拾ってきたんだ。大丈夫、このカキは新鮮だ。しかし、この津波で全滅だな。筏《いかだ》がすべて流された。一から出直すとなると、政府の援助が必要だろうな」

さっそく使わせてもらうよ、とコンロに火をつけ鍋をかけた。

「やっぱり鍋は煮ながらでなきゃな。外で料理して中で食べる。外は寒いからけっこう大変なんだ。雨が降ると最悪。しかし、コンロがあると助かるよ」

「ボンベをたくさん置いていけないで、ごめんなさい」

「これだけで感謝してる」

温かい鍋は有り難かった。最後に、持っていたインスタントラーメンを入れて食べると、神戸に戻ったような気分になった。冷え切っていた身体に熱が戻ってきて、精神の尖っていたものが溶けていくような気がする。

食事が終わると、子供たちは集まってゲームを始めた。女性たちは食事の後片づけをやっている。

「どうして、避難所に行かないんですか」

黙って子供たちを見ていた高橋が聞いた。

「できる限りは我々で頑張ろうと思ってね。みんな同じ職場の家族ぐるみの付き合いだ。気ごころが知れている」

髭面のいちばん年配のリーダー格の田中《たなか》が言った。

「というのは表向きの理由で、人数の多すぎる集団生活も、何かと気苦労が多いだろ。我々は集団生活からの落ちこぼれかな」

「と言いつつ、集団生活をしてるのよね」

田中の奥さんが笑いながら言った。

そのとき、小学校低学年の女の子が飲んでいたジュースの缶をテーブルに置いた。そして、母親に近づいていく。

「地震です。気をつけてください」

声とともに、大人たちがロウソクを消した。勇太は慌てて懐中電灯を点《つ》けた。

烈《はげ》しい縦揺れが来た。同時に横揺れが始まる。

田中たちは子供を含めて、冷静に行動している。

「子供たちは地震に敏感なんです。ちょっとの揺れで分かるらしいです」

揺れはしばらく続いて収まっていった。

子供たちはまた平気で、顔を寄せてゲームを続けている。

「いつまでここにいるつもりなんですか」

「余震が少し収まるまでかな。私たちは仕事を再開できるように、昼間は工場に通っているんだ。工場の後片づけと、流された工具の補充。工場は船舶エンジンの修理をやってる。これから死ぬほど忙しくなる」

それから二時間ばかり、田中は東北の復興について語った。東北人の粘り強さ、心意気という言葉を何度も使った。

「自然に優しくなんて言っても、自然は人に優しくなんてしてくれない。人は自然の一部だ。何ごとも調和が第一だ」

そう言った田中の言葉が印象的だった。

その夜はバンを境内に止めて、眠った。

勇太は夢を見た。

烈しい勢いで全身が揺すられている。地震だ。起き上がろうとするが、起きられない。声を上げようとするが、声が出ない。何かをつかもうとするが、何もつかめない。眼を開けるが、何も見えない。漆黒の闇に取り巻かれ、次第にその奥へと引き込まれていく。全身が締め付けられる。

「勇ちゃん、起きてよ」

耳元でささやく声がする。清美だ。

「なんだよ。せっかくよく寝てたのに」

言ってはみたが、首筋から胸にかけて汗で冷たい。おそらく、うめき声も出していたのだろう。

「高橋さんがいない」

バンの後部座席に眼を向けたが、姿が見えない。

「小便だろ。年寄りは近いんだ」

「三十分も？」

「こんなところで、どこに行くというんだ」

「あの人、何かおかしいわよ。今どき、運転免許持ってないというのも不自然だし。第一、妻子と別れて神戸で何してるの、って思わない」

「仕事じゃ仕方がないだろ。それに、思ったほど悪い人じゃなさそうだ。加藤のほうがよほどまともじゃない」

後部座席からは、あいかわらず咳《せ》き込むようないびきが聞こえてくる。

「とにかく見てきてよ」

清美は泣きそうな声を出した。

分かったよと、勇太はバンを降りた。

周囲は完全な闇で、身体の芯まで突き刺すような寒気が全身を包んだ。

「小便したくなる寒さだ」

懐中電灯で足元を照らした。車から数歩離れると二度と戻ってこられないと感じるほどの闇だ。

思わず尿意が強くなり、慌てて藪《やぶ》のほうに行った。

山に登ってくる道の近くに、懐中電灯の小さな光と黒い影が立っている。

勇太は懐中電灯を消して、人影に近づいていった。高橋であることは間違いなかった。

携帯電話を耳に当てたり、番号を眺めたりしている。

「通じないのか」

勇太は声をかけた。

高橋はピクリという感じで振り向いた。

まだ誰だか分からない様子だった。

「俺だよ。辻元勇太だ。何をしてるんだ」

「知り合いと携帯電話で話そうとしてるんですが、通じないんです」

あれは掛けているのではなかった。掛けようか掛けまいか迷っていたのだ。そして、結局掛けずにいる。そういう感じだった。

「実は、掛けるか掛けないか迷っていました」

勇太の疑問を察したかのように言った。

「恋人か」

「愛してる人です」

闇の中から聞こえる声に違和感はなかった。

「外は寒すぎるぜ。俺は車に戻るよ。あんたも、風邪をひかないようにな。車の中じゃ、すぐに全員に感染する」

勇太がバンに戻ると、清美が身体を寄せてきた。

「高橋さんはいたの」

「小じゃなくて大のほうだった。あれじゃ尻が凍ってるよ」

「バカ言わないで教えてよ」

「電話を掛けようか迷っていただけだ」

「掛けるって誰によ」

「昔の恋人だよ。神戸からはるばる探しに来たんだ。いい話じゃないか。さっさと寝ようぜ」

勇太はアノラックの衿《えり》を合わせた。

清美の横でコートにくるまる気配もする。

「なんだか怪しい人ね。乗せなかったほうがよかったのかしら」

後部座席のスライドドアがそっと開いて、高橋が入ってきた。

清美の声は消え、寝息が聞こえてきた。しかし、寝ていないのは分かっている。

勇太は眼を閉じた。闇の中で携帯電話の明かりと、それを見つめる高橋の真剣な表情が浮かんでくる。

そのとき、ふっと頭に浮かんだ。今日は一日、マウスピースに口を付けなかった。そしてそのことより、今までそのことに気づかなかったことが気にかかった。トランペットを忘れていたのだ。そんなことは、トランペットを始めてから初めてのことだ。

勇太は頭の中のすべてを振り払い、眼をさらに固く閉じて眠ろうとした。

第四章　三月十四日

1

翌朝、笑い声で眼《め》が覚めた。

社《やしろ》の前の広場で子供たちがサッカーをやっているのだ。よく見ると、中心にいるのは加藤だ。

「あの人もけっこういい人なのかもしれないわね」

清美がシートにもたれたまま、視線を子供たちに向けている。

「精神年齢が近いだけじゃないの。それにお前もコロコロ変わるな」

言いすぎたかと思ったが、清美の笑い声が返ってきた。

「朝食、食べていくでしょ」

田中の奥さんが助手席のウインドウを叩《たた》いている。

お粥《かゆ》とゆで卵入りの野菜サラダの朝食を御馳走《ごちそう》になった。

「タマゴなんてよく手に入りましたね」

「気仙沼の駅前まで買い出しに行くんだ。子供がいるからね。栄養だけは考えなきゃ。しかし、それもそろそろ難しくなった」

「タマゴ不足ですか」

「ガソリンのほうだ。バイクで行くんだが、そろそろ底をつきそうだ。ここらのガソリンスタンドは全滅。西町《にしまち》のほうも五時間待ち、六時間待ちだ」

加藤が勇太の脇腹を肘で突いた。

「お前、変なこと考えてるんじゃないだろうな」

小声でつぶやいた。

朝食が終わりバンに戻った。

勇太はガソリンタンクの一つをバンから下ろし、田中の足元に置いた。

「これは支援物資じゃないだろ。きみたちにも必要なものだ」

「僕らは被災者の方を応援に来たんです。お会いして、とても元気が出ました。自分が目先のことだけしか考えていないことを知って、なんだか情けない気分です。有り難うございました。頑張ってください」

勇太は頭を下げた。心底、そう思ったのだ。

山を下るとき、磯ノ倉湾が見えた。あの湾が町の人たちに糧《かて》と安らぎを与えてきた。しかし、津波の力を倍増し、町の人たちからすべてを奪いもした。人は自然の一部だ。田中の言葉が実感を持って耳の奥に甦《よみがえ》った。

田中の奥さんがお昼にと言って、四人分のおにぎりをくれた。

子供たちはバンが見えなくなるまで手を振っていた。

「いい人たちだ。子供たちも素直で礼儀正しい」

「でも、これからどうするのかしら。いつまでもお社で共同生活ってわけにもいかないでしょ」

「津波からまだ四日目です。心の整理はつかないでしょう。家も仕事も一瞬のうちに失ったんです。ああやって生活しながら、将来について考えているんじゃないですかね」

高橋の言葉は勇太の心に沁《し》みていった。自分も心の整理をつけなくてはならない。いつまでも夢を追って生きていくわけにはいかない。

「お前、バカだな。もうガソリン二缶しか残ってないだろ。西町まで出て五時間並んで十リットルだぞ」

加藤は文句を言いながらも、さほど腹を立てている感じではなかった。なんにでも文句をつけたがる性格なんだろう。

「今日はどうするんだ。俺は親父《おやじ》さんの行方を探すのがいちばん早いと思う。町役場がどうなったか調べればいいいんだ」

「兄さんもいるんだろ。ＩＴ関係の仕事をしてると言ってたよな」

「もう一度、昨日の避難所に行ってくれる。何か連絡がなかったか聞いておきたいの」

清美の言葉で松南中学の避難所に向かった。

一夜の間に運動場の車はさらに増えていた。校舎前にも人があふれている。この避難所は支援物資が豊富にあると聞いて、周辺地域から集まってくるのだ。

勇太は運動場の隅に車を止めた。

清美は山田のおばさんと事務局の人に会ってくると、一人で校舎のほうに行った。

「今夜はここに泊まろう。早いとこ駐車場所を確保しておいたほうがいいぜ。暗くなると、あんな道、怖くて走れないぜ。十メートルごとにパンクする」

「避難所ってのは被災者のために作ってるんだ。俺たちは被災してるか」

「校舎に入れろとは言わないさ。安全で温かいものが食べられれば充分。車を止める場所くらい何とかなるだろ。はるばる神戸から支援物資を運んで来てるんだろ。俺が交渉してやるよ。ねぐらを探して放浪するなんて俺には似合わない」

加藤が呟《つぶや》きながらバンを降りて校舎のほうに歩いていく。

勇太と高橋は慌ててあとを追った。一人で放《ほう》っておくと、何をやりだすか分からないと思ったのだ。

「ここで必要なものは？」

加藤が事務局の女性と話している。

「いただけるものがあれば、なんでも置いてってください」

何を交渉しているか知らないが、勇太が割って入った。

「毛布を三十枚、簡易コンロ二十個を置いていきます。荷物を下ろしますから手伝ってください」

「支援物資の受付係で記入してください。あとで人をやります」

女性はここはもう満杯なんです、と言いながら行ってしまった。

「けちけち言わないで全部置いてこうぜ。そのほうがバンが広くなるだろ。横にもなれるし」

「ここは、けっこういろんなものがある。毛布だって一人三枚くらい使ってる」

「あって困るものじゃないだろ。四枚あっても五枚でも。夜はかなり寒かったぜ。俺なんて十枚くらいほしいぜ」

「やめた。ここは充分だ。もっと必要としているところに持っていく」

勇太はきっぱりとした口調で言った。

数は多くはないが、町内会の人たちが徹夜で集めたものだ。もっと必要としている避難所もあるはずだ。

「俺は清美を見てくる」

勇太は山田のいる教室に向かった。

ホールに入ると、人であふれていた。壁に貼り出されているリストを見ているのだ。避難所にいる人と見つかった遺体のうち、身元の分かった人の名前が載っている。

「毎日、書き換えるんですか」

「新しい紙と名前が増えるだけ。今日は百人近い追加があったべ」

伸びあがるようにして見ていた老人が答えた。今朝のニュースで、海岸で数百体の遺体が発見されたと言っていたのを思い出した。

勇太は人をかき分けて前に進んだ。

貼り出されている名前はバラバラだ。アルファベット順でもなければ、住んでいた地区別でもない。ただ、死亡者と書かれた下に名前が並んでいるだけだ。発見され、身元が分かった段階で書き込んでいるのだ。

秋山夏彦と絵里。清美の両親の名前。勇太は右端から眼で追っていった。

清美の両親の名前は二人ともなかった。兄の名もない。ホッとした気分になったと同時に、多少の後ろめたさを感じた。勇太がリストを見ている間にも、名前が書き込まれていくのだ。

人の群れから出て、受付に行った。

長机を二台並べて二人の男女が対応していた。

勇太は女性のところに行き、清美の両親の名前を告げて避難者の中にいないかを聞いた。

横の男性が身体《からだ》を乗り出してきた。

「その人はここにはいませんよ。ちょっと前に若い女性が聞いていきました」

「その女性はどっちに行きましたか」

「体育館を見てくるって。新しく来た人は体育館に行ってもらってるんです。まだ名簿に登録してないかもしれないって言いました」

勇太は体育館に向かった。とりあえず死亡者のリストにはなかった。清美も知っているはずだ。

体育館に入ったところで、隅の椅子に座り込んでいる清美を見つけた。今まで見たことがないほど疲れた顔をしている。新しい情報はなかったのだ。

「お願い。もう一度、郵便局の跡に行って。ママの何かが見つかるかもしれない」

清美は泣きそうな顔で言った。いや、すでに泣いていたのかもしれない。

無駄だと分かっていても、清美の頼みを断れなかった。高橋と加藤も何も言わずついいてきた。

　ガソリンメーターを見ると、四分の一を切っている。今までのペースで走り続けたら、明日の午前中にはガソリンは空になる。まだ二缶残っているが、それもせいぜいもって一日だ。

「車を止めろ」

　避難所を出て三十分ほど走ったところで加藤が声を出した。

　勇太がバンを止めると、スライドドアを開けて飛び出していく。手に持っているのはガソリンタンクだ。

「あの野郎――ガソリンを盗む気だぜ」

　勇太はバンを路肩に寄せ、加藤を追いかけた。

　勇太の想像通り、瓦礫《がれき》に埋もれボディが破壊されている乗用車のガソリンキャップを開けている。持っていた一メートルほどのホースの先を車のガソリン給油口に入れた。片方の先を口で吸い上げると、地面に吐き出しながらホースの先を指で押さえガソリンタンクの口に持ってきた。指を離すと、ガソリンがタンクに流れ出す。サイホンの原理だ。あのホースは――源一の魔法の箱に入っていたものだ。

「何も言うな。これは俺が勝手にやってることだ。文句があるなら、お前らは目をつぶってろ」

勇太が後ろに立ったとき加藤が言った。

「こぼすな、もったいない」

勇太はガソリンタンクを支えて入れやすくした。

2

郵便局跡にバンを止めて、四人は瓦礫の中を歩いた。

昨日と同じ、周囲には静寂が広がっている。勇太の知っている地球とは違う感じさえする。

ヘドロの腐ったような臭いはより生臭さが増している。勇太はマスクをかけ直した。被災地を歩くほとんどの人がマスクをしているのが理解できた。乾いて舞い上がる土《つち》埃《ぼこり》のためでもあり、日ごとに増しているこの臭いのせいなのだ。有機物が腐敗、発酵、分解していく過程で出す臭気だ。

瓦礫の間の道路はわずかに広く、長くなっていた。昨日の夕方と今日の早朝に重機が入って道を作ったのだ。五十メートルほど先に小型のブルドーザーとパワーショベルが止めてある。今朝から続く余震で作業を中断したのか。

清美はうつむいて、瓦礫の奥まで透視するかのような視線を大地に向けて歩いていく。

そして時折り、屈《かが》み込んで一点を見つめている。

何かが見つかるとは思えなかった。清美の母親は郵便局を通りすぎただけかもしれないし、まだ着いていなかったのかもしれない。しかし、それを口に出すことはできなかった。

加藤が棒切れで何かを掘り出している。

「ここじゃ、陸で魚が釣れるんだ」

棒切れを掲げると、三十センチほどのヒラメが腹を突き刺されている。

「今晩の夕食を釣り上げたんだ」

「津波で運ばれ、どこかで引っかかっていたんだ」

「捨てろよ。本気で食べる気なのか」

「当たり前だろ。この寒さだ。冷蔵庫と一緒。腐ってなんかいないぜ」

加藤は魚に鼻を近づけたが慌てて離した。

「ヒラメのオイル漬けだ」

この辺りには、どこからか流れ出たオイルが黒い溜《た》まりを作っている。

「静かにしろ」

勇太は動きを止めて言った。

「なんだよ。急ごうぜ。もうすぐ昼だ。腹も減ったし。ラーメンが食いたいな」

加藤は寒そうに身体を震わせて足踏みしている。

勇太は無視して、辺りを見回した。

空はどんより曇り、今にも雪が降り出しそうな天気だ。時折り、海からの冷たい風が吹きつけてくる。

「あれが聞こえないのか。助けを求めてる」

「声なんて聞こえないぜ」

「声じゃない。笛《ね》の音だ」

四人は耳を澄ました。

「本当だ。たしかに笛の音だ」

加藤が納得したように言った。

勇太は音の出るほうを探して歩いた。加藤たちがその後に続いた。

「ゴールデン72ってのがあるんだ。災害時に人が生きて救出される確率の高い時間だ。七十二時間、三日以内に救出されなければ、生存の可能性はグンと下がる」

父親の源一が口癖のように言っていた。勇太の一家はその時間帯ギリギリに救出されたのだ。俺は一度死んだ人間だ。これも源一がよく言っている言葉だ。

「じゃ、もうすぎてるぜ。津波からもう四日目だ」

「今日の午後二時四十六分までだ。ギリギリだが絶対に生きてる人間がいるんだ」

音は完全に横倒しになった住宅の奥から聞こえていた。津波で浮き上がり、引き波に流されているとき、何かに引っかかり横転して残ったのだ。周りは完全に瓦礫に囲まれている。

「この家の中からだ。誰かが笛を吹いている」

勇太たちは瓦礫の上に上がり、家の出入り口を探した。

「ライトを持ってこい。車のダッシュボードに入ってる」

勇太はドアを開け、家に張り付くように倒れている冷蔵庫と半分つぶれたタンスの隙間から中をのぞきながら言った。その隙間の先に家の窓があるのがなんとか見える。しかし、笛の音は消えている。

「この奥から笛の音が聞こえてたぞ。誰かいるんだろ。返事をしろ」

隙間に向かって怒鳴ったが、返事はない。

「家が瓦礫に埋もれてて、なかなか入れそうにないんだ。中の状況はどうなんだ。あんた、一人か」

勇太の声に反応したかのように、笛の音が再び聞こえ始めた。強くなったり弱くなったりしている。勇太たちには気づいている。声を出す体力もないのだろう。

「どうすりゃいいんだ。これをどかして入るのは、かなりしんどいぞ」

隙間の周りは廃材や冷蔵庫、タンス、畳など、流されてきた瓦礫で埋もれている。家の中にたどり着くには、かなりの量を取り除かなければならない。

清美が懐中電灯を持って戻ってきた。

「中はどうなってる。こっちまで来れないか」

怒鳴りながら隙間に懐中電灯の光を入れたが、返事はまったくない。やはり声を出せないほど怪我《けが》をしているのか、衰弱しているのか。笛を吹くのがやっとなのだ。

勇太は隙間に上半身を入れて中を懐中電灯で照らした。

懐中電灯の光がやっと届く先に、かすかに人影が見える。子供だ。歳や性別は不明だが子供には間違いなさそうだ。しかも、かなり小さい。

「いるぜ。五、六メートル先ってところだ」

勇太は上半身を瓦礫の隙間に入れたまま、背後に聞こえるように言った。

「何人だ」

「分からない。ここから確認できるのは一人だけ」

「こんな瓦礫、どうやってどけるんだ」

「動かさないほうがいいです。下手《へた》に動かすと家も一緒に崩れてしまいます。消防か自衛隊を呼ぶべきです」

高橋が瓦礫の山を見ながら言った。たしかにそうだ。近くを歩くたびに足元はミシミシ音を立てている。それに、これだけのものを取り除き、人が入れる隙間を作るのは難しい。

　辺りを見回したが、自衛隊も消防も見当たらない。

「携帯電話は役に立たないぜ。公衆電話なんてないし」

「隙間の先に見えてる。俺が入って助け出してくるよ。一人なら入れないこともなさそうだ」

　隙間から奥を覗《のぞ》き込んでいた加藤が、コートを脱ぎながら言った。

　聞こえていた笛の音はいつの間にか消えている。

　加藤が隙間の周りの瓦礫を取り除き始めた。四人で冷蔵庫をずらして、つぶれたタンスは引き出しをすべて出して除《の》けた。

　しばらくすると、一人なら入れるほどの隙間になった。

　勇太は上半身を入れて覗いた。そのとき、全身を何かが貫いた。身体を締め付けるような恐怖だ。久しく感じたことがなかった感覚がよみがえってくる。細く暗い穴がどこまでも続き、その中に自分が呑み込まれていく気分になって無意識のうちに身体を隙間から抜いていた。

「あんたが行くか。いちばん若そうだし」

「いや俺はこういうところは苦手だし――。あんたのほうが慣れてるかも――」

　加藤の言葉に勇太は慌てて言った。

「だったらどいてろ。俺は海外の戦場にも行ってるんだ。戦場カメラマンとして修羅場は経験済みよ」

加藤は勇太を押しのけて隙間を覗き込んだ。

「すぐ助けに行くからな。がんばれよ」

加藤は呼びかけてから、隙間の梁《はり》に手をかけた。一人ならなんとか入れそうだ。

「気をつけろよ。中はまだ水が溜まってるし、今にも崩れそうだ」

任せとけと言って加藤は、頭から逆さまになって入っていった。見かけよりは身が軽そうだ。

隙間を覗くと、懐中電灯の光が奥へと移動していく。

しばらくして、ガタンと何かが崩れる音がした。同時にかすかな悲鳴のような声が聞こえる。

「何があった」

勇太が怒鳴っても返事はない。

「勇ちゃん、見てきたら」

勇太は答えられなかった。今までなんともなかったのだが、足がすくんでいる。穴を覗き込んだときから、身体の奥深くで眠っていた恐怖が眼を覚ましたのだ。

「私が行ってくる」

煮え切らない勇太を清美が押しのけて隙間を覗き込んだとき、懐中電灯の光の中に加藤の顔が現われた。そして、一度引っ込んだ後にその顔が女の子に変わった。

「しっかりつかめよ。俺が押し上げる」

加藤の声と共に、女の子の身体が隙間の中を少しずつ上がってくる。勇太はその小さな手をつかんで引き上げた。

まだ小学校に上がる前の女の子だ。抱き上げると、小刻みに震えている。体温もかなり下がっている。津波から三日間近く、生き抜いてきたのだ。

勇太は女の子を抱えてバンに飛び込んだ。

清美が濡《ぬ》れている服を脱がせて毛布で包んだ。

「俺、加藤を引き上げてくる」

「ちょっと待って。何か言ってる」

清美が手を上げて勇太を止めた。女の子はしきりに唇を震わせている。

「ママがどうしたの」

清美は女の子の口に耳を近づけた。

「まだ下にいるのね。ママとお兄ちゃんが」

勇太はバンを飛び出して家に向かって走った。

加藤が高橋の手を借りて、隙間から上半身を出している。

「なに慌ててるんだ」

「まだ下に人がいる。母親と兄さんらしい」

そのとき、勇太は片膝をついた。さらに両手を地面に付けて、倒れないように身体を支えるのが精一杯だった。前方を見ると、加藤の姿が消えている。烈しい横揺れで足を踏み外したのだ。同時に勇太と高橋は瓦礫の中に倒れ込んでいく。頭をかばうのが手一杯だった。

余震だ。かなり大きい。余震は断続的に続いた。

清美がバンの前でしゃがみ込んで勇太のほうを見ている。

「大丈夫ですか」

高橋が瓦礫の上に起き上がって、勇太を助け起こした。

「死ぬかと思ったぜ」

加藤が隙間から顔を出した。顔の半分が血に染まっている。

勇太と高橋は急いで加藤を引き出した。

額が数カ所切れて血が大量に出ている。高橋の指示で消毒して大型のバンドエイドを貼ると血は止まった。

「本当は縫ったほうがいいんですがね」

「怖いこと言うな。想像するだけで失神する」

勇太は加藤に、家の中にまだ母親と兄がいることを話した。

「ヤバイな。中はもう、半分崩れ始めてるぜ。今の余震でどうなったか分からない」

「だから、早く助けだすんだ」

隙間のほうを見ると、すでに半分が埋まっている。余震が続いているせいだ。

「ダメだ。穴がふさがってる」

隙間を覗き込んだ加藤は材木を力いっぱい押したが、ビクともしない。

「手伝えよ。こいつをどかさないと入れないだろ」

加藤は後ろで突っ立っている勇太に怒鳴った。また入る気でいるのだ。

二人で押したが、足元が崩れそうで余計危険だ。

「俺たちじゃムリだ。高橋はどこに行った」

辺りを見回したが、高橋の姿が見えない。

「自衛隊の重機が必要だ。呼んできたほうがいい」

「そんなのどこにいるっていうんだ」

昨日見かけた自衛隊は重機を使っていなかった。歩いて生存者を探し、遺体を傷つけないように素手で掘りだしていた。

「上の冷蔵庫とでかい材木だけでも取りはらえないか」

「ムリ言うな。俺たちの三倍はある。それに、くしゃみ程度でも崩れ始めるぜ」

そのとき、背後で重いディーゼルエンジンの音が聞こえ始めた。

振り向くと、瓦礫の間の細い道を黄色いモノが進んでくる。パワーショベルだ。

運転しているのは――高橋だ。

「あの人、運転免許持ってなかったんじゃないのか」

「車とは別の免許なんだろ」

パワーショベルは勇太たちの前で止まった。

「この材木をのけてくれ。慎重にやらないと他が崩れてしまう」

高橋はパワーショベルの先端部を器用に動かして、巨大な材木をずらしていく。次に、瓦礫に張り付くようにドアが開いて倒れていた大型冷蔵庫を押し退けた。

「あと少しだ。人一人が入れるくらいでいい」

「これ以上はダメです。瓦礫が崩れてしまいます」

「もう崩れてる。いいから人が入れるだけ空けてくれよ」

加藤が高橋に向かって怒鳴った。

高橋はさらに慎重に瓦礫を取り除いていく。

五分後には前と同じくらいの隙間が眼の前にあった。

「今度は俺が入るよ」

勇太の言葉を無視して、加藤が前と同じように上半身から穴の中に入っていく。

勇太は懐中電灯で穴の中を照らした。家の中は家具とつぶれた壁と天井でふさがっているが、かろうじて細い廊下が奥へと続いている。

「懐中電灯を貸してくれ」

加藤の声に勇太は懐中電灯を持った腕を穴の中に伸ばした。

光が奥へと消えていった。

長い時間がすぎた。穴の奥からはひそひそ話のような声が聞こえてくるが、意味は分からない。

勇太が穴の端に手をかけたとき、子供を背負った加藤の身体が穴の底に現われた。

高橋と勇太は加藤が押し上げる男の子を引きあげた。

加藤は再び穴の奥に消えていった。

勇太は男の子を抱えてバンに戻った。女の子は後部座席で毛布にくるまり、ペットボトルの水を飲んでいる。

勇太は男の子を清美にあずけると、再び隙間に戻った。

高橋が腕を隙間に入れて、誰かを引っ張り上げている。頭が見えた。大人の女性だ。

勇太は高橋に手を貸して女性を引きあげた。そのあとから加藤が這《は》い出てくる。

女性はかなり衰弱している様子だったが、意識ははっきりしていた。

「子供たちは？」

「無事です。車の中で水を飲んでいます」

勇太の言葉に、女性はホッとした表情を浮かべた。

女性をバンまで連れていき、女性の指示に従って一関の総合病院に行った。

勇太が状況を告げると、医師と看護師がストレッチャーを押して飛び出してきた。この時期、生きて救出されるケースは珍しいのだ。

女性と二人の子供はしばらく病院で診察を受けなければならないが、命に別状はなかった。

加藤は額の傷を二針縫った。見かけより傷は深かったのだ。全身麻酔でやってくれとわめいていたが、一時間後に額にでかいバンソウコウを貼って戻ってきた。

「あんた、車の運転できないんじゃなかったのか」

待合室で缶コーヒーを飲みながら勇太は高橋に言った。

「あれは車じゃないだろ。パワーショベルだぜ。しかし、うまいもんだった。あんたがいなけりゃ、二人は危なかった」

黙っている高橋に代わって加藤が言った。キーはどうした、どこで運転を習った、あんたは何者なんだ、聞きたいことは山ほどあったが、勇太はそのすべてを封じ込めた。

高橋は相変わらずうつむき加減で、何を考えているのか分からない表情をしている。

3

病院の隣は消防署になっていた。

周辺は消防士と消防団の団員でごった返している。今は総力を挙げて生存者の救出に当たっているのだ。しかし、近いうちに方針を変えるときが必ずくる。死者、行方不明者の捜索に変わるのだ。

清美は山田のおばさんの息子に会ってくると言い、消防署の中に入っていった。松南中学校の避難所で会ったおばさんだ。

消防署の中も地元と周辺自治体からの応援の消防士たちで溢《あふ》れていた。

消防士たちの視線が清美に集中した。

「ムリだぜ、こんなにいちゃあ。あきらめろ」

勇太は清美の腕をつかんで言ったが、清美は勇太の言葉を無視して動かない。

そして勇太の腕を振り払うと、奥に向かって駆けだしていった。

勇太は慌ててあとを追ったが、すぐに立ち止まった。

清美は階段の側《そば》にいる消防団の団員と話している。陽《ひ》に焼けた髭面《ひげづら》の背の高い男だ。

清美の顔は——泣いているのか、笑っているのか、なんとも表現しがたい表情だ。

「私のお兄ちゃんよ。私がアルバイトしてる店の息子さん」

突っ立っている勇太に気づいて、清美が声を出した。

「勇太君か。俺は秋山弘樹《ひろき》だ。きみのことは清美からよく聞いてるよ。売れないバンドやってるんだったな」

「傷つくようなこと言うなよ」

勇太は清美に視線を移した。弾《はじ》けるような笑顔に変わっているが、頬には涙のあとがある。

「悪かったよ。頑張ってるんだってな。二十五には見えないな。ミュージシャンてのは若く見えるんだろうな。清美もきみの影響を受けたのか」

清美は弘樹を連れ出して、高橋と加藤に紹介した。

加藤はその間も消防士と消防団員に向かって、カメラのシャッターを切り続けている。

「消防士も消防団員も三分の一は流されてな。地震で緊急出動していた半数以上が、津波の直撃をくらった。住民を避難誘導しながら、本人たちが流されるんだからな」

弘樹は悔しそうに言った。

話している間にも、弘樹の無線機は鳴り続けている。そのたびに近くの消防団員に指示を出していた。弘樹はIT関係の職に就きながらも、非常時にはリーダー格の消防団員となるのだろう。

「救助要請の連絡だ。救急搬送、緊急の瓦礫撤去、要請の十分の一も対応できない。しかし、人命救助には時間がたちすぎた。そろそろ遺体収容に重点を置かなきゃならないだろうな。俺たちにできることはそれくらいだ」

「重要なことです。どんな状態であっても、瓦礫の中に長い間放っておかれるのはイヤですからね。本人だって肉親だって」

「沖に流されてるのはどうすりゃいいんだ。俺たちにはどうすることもできない」

口調は穏やかだが、どこか怒りを含んだ声だ。これだけの被害を出した津波に対するものなのか、多くができない自分たち自身に対するものなのか。いずれにしても、弘樹の顔には疲れと焦りが滲《にじ》んでいる。そして周りの消防士、消防団員の顔にも同じものが見られる。

「消防署の被害はどうだったんですか」

「二つの消防署が津波にやられた。一つは全壊だな。地震で車庫の支柱にひびが入ったところに津波が襲い、建物が流された。消防車三台も一緒だ。もう一つの消防署は一階部分が水没して、消防車が動かなくなっていた」

弘樹は眼で横の空き地を指した。さまざまな型の消防車が十台近く止まっている。

「周辺地域で動かなくなっていた消防車をけん引車で引いてきた」

「動かないって、バッテリーが上がってるんじゃないですか。水に浸《つ》かったときショートして」

「詳しいことは知らんが、潮を被《かぶ》ってる。このままだと、すぐに錆《さ》びついて使えなくなるらしい。電子部品がダメになれば、廃車しかないだろう」

「見ていいですか」

今まで黙っていた高橋が聞いた。

「いいと思うよ。動かなきゃただの鉄クズだ」

勇太たちは消防車が止められているところに行った。

車体全体に塩の粉が振りまかれたようについている。エンジン部も同じだろう。ボディには無数の傷やへこみがあった。

高橋はエンジンカバーを開けてエンジンをいじったり、運転席に登ったりして状態を調べている。

先に行っててくれと言っていた弘樹が戻ってきて、キーの束を高橋に渡した。

「これがいるだろ。副署長に会ったので、消防車の修理に来てるから全面協力するように頼んでおいた。喜んでたよ。動いたら儲《もう》けものだから」

高橋は勇太にキーを渡し、エンジンをかけるように言った。自分はエンジンにかぶさるようにして見つめている。

「キーを回しても何の反応もないぜ」

「まず、真水で洗いましょう。錆びはまだ出てないようですから。しかしもう、遅いかもしれませんがね。どこかに井戸はないですか。ホースでくみ上げてエンジンや駆動部すべてに真水をかけて塩分を洗い落とすんです」

高橋の求めですぐにホースを持った消防団の男がやってきた。

「裏の井戸から水をくみ上げてます。真水ですよ」

高橋は最初にエンジン部に水をかけた。水はかなりの高圧で噴き出している。大型のポンプにつながれているのだろう。

「とにかく隅々まで水をかけて塩分を落としてください」

エンジンを含めて周辺を水浸しにするほど洗った。

「このまま一日放置して完全に乾かします。それから新しいバッテリーでエンジンをかけてみてください」

「それでも動かなかったら」

「もう一度、洗い直してください。今度はもっと丁寧に」

高橋は自信を持って言った。

「あんた、車関係の仕事をしてたのか」

「自動車修理工場に勤めていたことがあります」

「しかし、今さら消防車なんて役に立たないだろ。家なんて流されて、ないんだ。火事なんて起こりっこないぜ」

洗車の様子をカメラに撮っていた加藤が、カメラから眼を離して言った。

「消防車は水を運べます。それに、火事だって起こります。原油タンクがひっくり返ったところもあります」

タンクの倒壊で流れ出したオイルの火災や、陸地に流された漁船の燃料火災が頻繁に起こっている。ラジオで得た断片的な情報だが、どれも普通なら大事件として扱われそうなものだ。

そのとき、消防署の署員が勇太たちのところに来た。

「隣の病院から来た男性三名、女性一人のグループっていうと、あなたたちですよね」

勇太は返事に困った。おそらくそうなのだろう。

「たぶんそうだと思う。何か用があるの？」

加藤が一歩前に出て言った。

「警察があんたらに用があるって」

署員の声に消防署の入り口のほうを見ると、二人の制服警官がこちらを見ている。背後には数人のマスコミらしき者まで立っている。

署員が彼らに向かってそうだというふうに頷《うなず》くと、勇太たちのほうに歩いてきた。

「悪いとは思ってるよ。しかし、仕方がないだろ。スペアもすぐにパンクしたんだから。

どうせ使えない車だと思ったから、タイヤを借りてきたんだ。ガソリンだって少し借りただけで、いずれ返しに行く」

勇太は一気にまくし立てた。

「村田《むらた》さん親子三人を流された家から助け出して病院まで運んでくれたのは、あなた方ですか。みなさん、消防署に行ったと聞いてきました」

五十代の警察官は勇太と加藤を見て言った。清美は二人の後ろに隠れている。

「僕らが病院に連れていった親子です。休息が必要だが大丈夫だって聞きましたが」

「容態が悪くなったんですか」

清美が勇太を押しのけて前に出てきた。

「震災四日目にして、親子三人を奇跡的に救出。それもお母さんと幼い二人の子供。これって最高のニュースです。暗いニュースばかりの中で最大の明るいニュースです」

背後にいた女性テレビキャスターが一歩前に出た。横にはテレビカメラを構えたカメラマンがカメラを回している。

今度は加藤が清美を押しのけ前に出た。マスコミの眼が加藤に集中する。

「あの親子が救出できて本当に良かった。僕らもホッとしています。あと一歩遅れたら、悲しい結果になったでしょう」

「救出したときの状況を話してくれませんか。余震が続く中、瓦礫に埋もれた家からの決死の救出。素晴らしい勇気と決断力です」

「高橋さんはどこにいる。彼がパワーショベルで穴を広げたんだ」

勇太は高橋の姿を探して周囲を見回したが見当たらない。

「トイレに行くって。二、三分前です」

署員の一人が小声で言った。

カメラの前に立ち、テレビキャスターと記者たちに囲まれた加藤が話し始めた。

「私、加藤春夫はジャーナリストとして、人として、当たり前のことをしただけです。現在、この地のいたるところで繰り広げられている光景だと思います。かなり激しい余震もありましたが、何とか救出できました。私も負傷しましたが、本当に頑張ったのはお母さんと子供たちです」

「地震後、四日目に、しかも五歳と六歳の子供が、そしてお母さんと一緒に救われたことは、日本中を勇気づけることです」

マイクを持った女性キャスターが思い入れたっぷりにしゃべっている。

「状況をもう少し詳しく話していただけませんか」

マイクが加藤に集中した。

「我々は支援物資を運んでいる途中なんですが、たまたま笛の音を聞きましてね。聞き逃しそうな小さな音です。その音をたどり探していると、最初に女の子が瓦礫に埋もれた家の中にいたんです」

加藤は今までとは別人のように、臆することなく堂々と話している。

勇太のポケットで携帯電話が鳴り始めた。

〈お前、テレビ出てたな。すごいじゃないか。今、ヘンなのが話してるけど、救出のときはお前もいたんだろ〉

おっ、通じた、という声の後に、大塚の興奮した声が飛び込んでくる。

勇太は慌てて人混みの背後に出た。

〈今、お前んちの店だ。みんなでテレビを見てるぞ。池宮町内会の誇りだって。会長が代わるって〉

一方的に話して、町内会長に代わった。

〈心配してたんだ、連絡がないから。今日、第二便出発の相談で集まってたらこの快挙だろ。本当に町の誇りだ。お前は見かけによらず――〉

「親父のギックリ腰、大丈夫ですか」

〈今日からトイレにも自分で行ってる。今回はよほどひどくて、昨日までオマル使ってたんだ〉

〈お兄ちゃん、もっとテレビに映りなさいよ。清ちゃんと一緒に〉

由香里の声が割って入る。

勇太は携帯電話を切った。一秒もたたない間に呼び出し音が鳴り始めた。一瞬考えたが、出ないでおいた。なぜか、違和感を覚えたのだ。

ここまでくれば、携帯電話は使えるのだ。津波で壊滅的被害を受けた海岸部にも衛星移動基地局車が来ていると聞いているが、磯ノ倉町ではまだ携帯電話は使えなかった。これは小型の携帯電話基地局と衛星通信用のアンテナを搭載した車で、地震の翌日から動き始めていると聞いていた。内陸では比較的早く通話は可能になったが、携帯電話が流されたり水に浸かり番号が分からなくて連絡を取りたくても取れない場合が多いのだ。

会見は三十分近く続いた。

勇太は途中でその場を離れて消防署の入り口に向かった。

消防車の横に高橋が座って、ぼんやり通りを眺めている。

「高橋さん、どうしたんだ。マスコミが取材に来てる。あの親子、じきに退院できるらしいよ」

勇太の言葉に高橋は軽くうなずいた。

「もっと喜びなよ。母親と兄貴は、あんたが助けたようなもんだ」

「勇太さんが笛の音を聞いたんです。瓦礫の下にもぐったのは加藤さんだ。清美さんが子供の世話をした。みんなで助けたんです。いずれにしても、助かってよかった」

そのとき、清美がやってきて二人の前に立った。

「ねえ、お腹《なか》すいたでしょ。お兄ちゃんが食事の用意ができてるって。特別にここの食堂を使っていいって」

高橋は軽く頭を下げて立ち上がった。

「なんだか元気がないわね。家族を思い出したのかしら。高橋さんが一緒に来たの、家族を探すためなんでしょ」

清美が勇太に身体を寄せてきて聞いた。

「たぶんね」

数歩前を歩く高橋のたくましい背中を見ながら勇太は答えた。


食事の後、勇太がバンを止めてある消防署の裏手に来たとき、男女の声が聞こえた。一人は清美だ。男のほうは兄の弘樹。

勇太は二人のほうに向かおうとした足を止めた。二人は何か言い争っている。

「なんでママとパパを探してくれないのよ」

「ここの奴らだって、全員、自分の身内を探したいんだ。しかし、我慢して救助を最優先に手伝ってきたんだ」

「じゃ、これからは私とパパとママを探して。救助はもうひと段落したんでしょ」

清美の問いかけに、弘樹は下を向いて黙っている。

「分かったわよ。私ひとりで探す。お兄ちゃんは好きにして」

清美はすねるように言うと、走り去っていった。

勇太は声をかける機会を失って、その場に突っ立っていた。

「なんだ、勇太君か。聞いてたのか」

勇太に気づいた弘樹が近づいてきた。

「悪かったです。盗み聞きしようなんて気はなかったんですが」

「いいんだ。ここにいる奴ら共通の問題だ。というより、磯ノ倉町で生き残った者全員が背負っていかなきゃならない苦しみだ。悲しくつらいことだが」

「お兄さんの仕事、いつまで続くんですか」

「俺にだって分からないよ。磯ノ倉町、人口一万七千五百人。死者二百十七人、行方不明者一万人。この数字だって正確かどうか分からない。役場の機能なんてほとんど止まってるからね。はっきりしてるのは死者の数だけ。避難所の教室や体育館に並べられている。身内に引き取られたのはほんの一部だ」

秋山の兄妹の父親は町役場で働いていたのだ。その町役場が流され、多くの死者を出している。

「ゴールデン72もすぎた。これからは遺体の収容に全力を尽くすことになる。なんせ、磯ノ倉町だけで一万人も行方不明者が出てるんだ」

たしかに自分の親族を優先している場合ではない。全員が協力していかなければ収拾のつかない状況だ。

「大変なんですね、消防団の仕事って」

「今回だけだ。今までは仲間と楽しくやってたよ。三陸は津波銀座なんで意識は高いが、その分慣れっこになってってね。訓練の後には仲間と酒飲んで、カラオケ行って。まさか本当に起こるとは考えてなかったし、ましてこんなになるなんてな」

弘樹は言って、深いため息をついた。勇太は弘樹の手に気づいた。手の甲には血が滲んでいる。切り傷、擦り傷が無数についている。爪の間は真っ黒で、肌もどす黒いオイルが染み込んだようだ。三日間風呂にも入らず、着たきりスズメで不眠不休の人命救助を続けていたのだ。

「お父さんとお母さん、俺たちが必ず見つけますから。だから――安心して消防団の仕事をしてください」

勇太は心底そう思った。

「俺はもうダメだと思ってる。もう百年分ぐらいの不幸を見てきたよ。俺たちの両親だけが特別だなんて思えない」

弘樹は軽い息を吐いた。たしかにそうかもしれない。津波からすでに三日もたっている。生きていれば何かの連絡があってもよさそうだった。

「お兄さんのところには何の連絡もないんですか」

「連絡なんて取りようがないだろ。あの日以来、俺はここに泊まり込んでるし、携帯なんて水に浸かって使い物にならない。両親の携帯の番号なんて覚えてるわけないしな。ガールフレンドとも連絡が取れてないんだ」

「だったら、まだ望みがあるんじゃないですか」

「まあそうだな。一縷《いちる》の望みってやつだ」

「必ず見つけますよ」

「清美を頼むよ。我儘《わがまま》なところがあるけど、根は優しい奴だ。俺は当分、ここを離れられそうにない。責任ってものがあるからな」

弘樹は勇太の肩を強く叩いた。

そのとき、勇太のポケットで携帯電話が鳴り始めた。

〈おお、勇太か。やっと通じたよ。まだまだ通信状態は悪いんだな。どうだ、そっちの具合は〉

ボタンを押すと町内会長の声が飛び込んできた。

「なんとか清美の兄貴を見つけたよ」

〈母親と父親は？〉

「いちどには無理だ。こっちは想像以上にひどい状態だ。町のすべてがなくなってる。

残ってるのは瓦礫と人」

〈実家には行ったか〉

「土台だけ。他には何もない。きれいさっぱりという感じだった」

〈支援物資は？〉

「一部届けた。すごく喜んでたよ」

勇太は神社の家族を思い浮かべた。一部とはどういうことだ、と会長の声がする。

「やっぱりガソリンがないんだ。県が決めた集積地には山ほどあるらしいが、それを運んでくる車がない」

〈テレビでもやってた。灯油もないんだろ。避難所で寒さに震えてるって。しかし、数日中には小型タンカーが被災地のどこかの港につくらしい。それまで我慢できればいいんだけどな〉

「俺たちでなんとかするよ。親父にもそう伝えてくれよ。それに魔法の箱、役立ってるって。じゃ、電池がなくなるから」

待てよ、という町内会長の声を無視して、勇太は携帯電話を切った。黙っていれば、いつまでも話し続けるに違いない。

「うちの町の町内会長。町の支援物資を運んでもいるんだ」

勇太を見ている弘樹に言った。

「神戸からはすでにボランティアが入ってると聞いてる。迅速な対応に感謝してるんだ」

「神戸の震災経験者は、災害にあった者に不思議な親近感を感じるんですよ。放っちゃおけないって親父はいつだって飛び出していきます。これって、他の地域の者には絶対に分からん感情です。僕を含めて。でも、今回は直前のギックリ腰でダメでしたがね。僕が代わりです」

勇太にもほんのわずかではあるが、源一の気持ちが分かる気がしてきた。自分も被災者の家族だ。苦しみは分かち合ってきたはずだ。しかし、口に出して言えないところもあった。自分はもう乗り越えた。過去にこだわって生きたいとは思わない。両親と自分は違うのだと思い込もうとしていたのだ。しかし、やはり——。

4

四人は松南中学の避難所に戻った。

当分はこの避難所を中心に清美の両親を探すことにしたのだ。

「寝る場所と食事が確保されてれば、贅沢《ぜいたく》は言えないんだがな」

加藤は写真を撮りまくってはパソコンに取り込んでいたかと思えば、腹が減ったとバンを出ていった。数時間前のヒーローインタビューで新聞社やテレビ局とつながりができたらしく、妙に機嫌がよく張り切っている。

しかし、すぐに加藤が怒りながら帰ってきた。

「部外者にやる食事はないと言われたぞ。おいてはやるが、自分らの食い扶持《くぶち》は勝手に見つけろと言ってるんだぜ。こんなところに支援物資を渡さなくてよかったよ。だがあの言い方はほうっておけんぞ」

「仕方がないだろ。みんなほんの数日前に家族や友達を亡くしたり、家をなくした人たちだ。あんただって、何十年も住んでた家が突然消えたら、ショックだろ。ヘンに慰めてやろうなんて気なんて起こすなって」

「誰が言ったの」

「俺だよ。家族も家もなくして落ち込んでるときに、なんの痛みもない他人にちょっとくらい慰められてもわずらわしいだけだろ。俺ならそっとしておいてほしいね」

「じゃ、どうしろというんだよ」

「ひたすら話を聞いて、自分も同じような気になればいいんだ。と、うちの母親は言ってた」

「おばさん、ＰＴＳＤについてはすごく勉強してたものね」

「俺にはムリな話だ」

加藤は不貞腐《ふてくさ》れたように言った。

とにかく近くの避難所を片っ端から回ろうということで、避難所探しから始めることになった。

勇太は清美と事務局に行った。

「近くに避難所はありませんか。両親を探してるんです」

「鹿隅《かすみ》小学校は知ってる?」

「ここから南へ三十分ほど行ったところの小学校ですか」

「こういう状況だからもっとかかるかもしれないけど、そこに近くの人が四、五十人避難してるって聞いたわ。今はもっと増えてるかな。ごめんね。携帯電話をなくしたり、使えなくなった人が多いからなかなか情報が入らないのよ」

清美のことを覚えていた女性は気の毒そうに言った。

「分かりました。行ってみます」

バンに戻ると、高橋と加藤も車内にいた。この避難所では、どことなくよそ者という視線を感じるのだ。

「今夜の泊まりはあっちになりそうだな。夜は走らないほうが無難だ」

「小さな避難所なんだろ。ここは宮城でも有数の大型避難所らしいぜ。大手メディアはほとんどここを取材に来るらしい。高そうなカメラぶらさげてる奴は、全員プロのカメラマン」

「人の行かないところを取材したほうがいいんじゃないか。みんなと同じことやってちゃ、いい写真は撮れないだろ」

「被災者千人には千人のドラマがあるんだ。だったら、取材対象は多いほうがいい。被写体だって同じだ。ここにいりゃあ、あらゆる人生が撮れる」

「一緒に行くのがいやなら、あんた一人ここに残ればいい。ムリに来いとは言ってないんだ。俺たちは行くぜ」

「一人でどこに寝ろって言うんだよ。一緒に行けばいいんだろ」

加藤はすぐに荷物の整理を始めた。

海岸にそって走った。海は静かで穏やかだった。時折り、陽の光を浴びてさざめくように輝いている。テレビや新聞で見た、沖から押し寄せる白い帯のような波、町のあらゆるものを呑み込んで進む黒い壁は想像もできなかった。

しばらく走って、清美の指示で山側に回った。

瓦礫の中に細い道が続いている。車一台がやっと通れる程度の道で、もし対向車にあったりすると、一台が延々とバックするほかはない。

「どこか宇宙の果ての取り残されたようなところだぜ。瓦礫の中の孤島という感じだ」

加藤がシャッターを切りながら言ったが、まさにその通りのような場所だった。

山側に回って四十分ほど走ったが、幸い対向車は来なかった。というより、交通自体がないのだろう。

瓦礫の先に校舎が見え始めた。

「瓦礫を敷いたような道だぜ。パンクに気をつけろよ」

加藤の言葉が終わらないうちに、勇太はハンドルを取られた。パンクだ。

加藤にさんざん嫌味を言われながら、パンクしたタイヤを取り替えた。

鹿隅小学校は山の中腹にあった。松南中学校の三分の一ほどの大きさの校舎だ。運動場も半分ほどしかない。避難者も百人程度で、マスコミに取り上げられたこともなさそうだった。数百、千人レベルの避難所と比べて忘れられたような場所だ。

校舎の入り口に長机を二つ並べて避難者と訪問者の対応にあたっていた。

ここの避難所のリストにも、清美の両親の名前はなかった。

津波後、三日もたっているのに、食料も毛布もほとんどないということだった。避難住民は瓦礫の中から材木を拾ってきてドラム缶で燃やして暖を取っていた。体育館の床に体操のマットやカーテンを敷いて寝ていた。老人が多い。

対応した数学の教師という若い男は、食料は一日に一度、近くの大きな避難所にまとめてもらいに行くが、そろそろ車のガソリンが切れかかっているので次の手段を考えているところだ、と言っていた。

勇太が支援物資を運んできたと言ったら、男の顔つきが変わった。急いで職員室に入ると、中年の女性と出てきた。

「ここの責任者の校長の鈴木《すずき》です。こんな僻地《へきち》のようなところにある避難所まで来ていただいて感謝しています」

そう言って、深々と頭を下げた。

「決まりだ。ここに全部置いて行こうぜ」

加藤が勇太の耳元で囁《ささや》いた。言われなくてもそうしようと思っていたところだ。

ただちに勇太たちはバンから支援物資を下ろした。

校舎から十人近い避難者が出てきて手伝ってくれた。中には八十をすぎているような高齢者もいる。

「この程度じゃ、焼け石に水だぜ。簡易コンロは二家族に一つか。喧嘩《けんか》が起こる」

「インスタントラーメンなんて一食を二人で分けるか」

「まずお年寄りと女性と子供です。あとの者には我慢してもらうしかありません」

高橋の言葉に頷かざるを得なかった。

「給食の調理室を見てきたが、立派なもんだったぜ。大型の鍋、コンロ、まな板、包丁――、プロパンガスもまだ残ってる。材料さえあれば何でもできる」

「ようは支援物資がまったく来てないってことが問題なんだ」

「来なきゃ、持ってくればいいんだ。あるところには余ってるらしいから」

加藤がぼそりと言った。

清美が両親を探していることを聞いて、校長の鈴木自ら体育館に案内してくれた。

松南中学ほど混み合っていないが、高齢者が目立った。

「おい、あの野郎、ずっとお前のこと見てるぜ。気味悪いぜ」

勇太は体育館の入り口を顎で指しながら清美に言った。

「やめてよ、こんなところで。ナンパでもないでしょ」

「イロコイは場所と時間を選ばずだ」

加藤が、清美と勇太を交互に見てニヤニヤ笑っている。

そのとき、清美をずっと見ていた男が清美に近づいてきた。五分刈り頭に無精髭が伸びている。

「あんたひょっとして、秋山清美さんじゃねえか？」

男が遠慮がちな声を出した。

男を見つめていた清美の顔がほころんだ。

「辰《たつ》ちゃんなの。本当に辰ちゃん。頭と髭で分からなかった。でも大きくなったわね」

「大きくなったはないだろ。高校時代からこれくらいあったぜ。お前、変わったな。ずっと声かけようかどうか迷ってたんだ。人違いだったら困るし。しかし、きれいになったな。何年振りだ」

「三年かな。二年前にも帰ってきたけど、誰にも会わないで神戸に戻ったから」

「神戸の大学に通ってるんだったな。みんな、羨ましがってた。さすがファッションの本場だ」

「今度のことで帰ってきたの。家族が心配だから。辰ちゃんは？」

「爺《じい》ちゃんと婆《ばあ》ちゃんは見つかったけど――」

「よかったじゃない」

「ホッとしたよ」

「この避難所にいるの。寒いから大変じゃないの」

「遺体がだよ。親父は流されてまだ見つかってない」

清美は黙り込んだ。何と言っていいか分からないのだ。こう淡々と話されると、実感がわかないのだ。ここの人たちは、あまりに死が身近なものになっている。しかし、勇太たちはまだ慣れることができない。

「彼女の両親を探してるんだ」

勇太が代わりに言った。男がなんだこいつは、というふうに勇太を見た。

清美が勇太たちを紹介すると、男は石井辰夫《いしいたつお》と名乗った。

「おばさんもおじさんもここにはいない。話も聞いてないし」

「安否確認のできるセンターみたいな所はないのか。全避難所の状態が分かるような」

「ここは陸の孤島。情報なんてラジオだけ。それも電池がないんで、ニュースの時間だけ。といっても、ほとんどニュースだけど。どこで何が起こってるかさっぱり分からない。東京の奴らのほうがいろんなことよく知ってるんだ。テレビじゃ、全部のチャンネルで一日中、地震と津波と原発のことやってるんだって？　俺たちに分かってるのは、自分たちで行ける範囲だけ。通ってきた瓦礫の中の道路、俺たちが手作業で作ったんだ。自衛隊や消防も今日までは、ここらの生存者を探してたんだけど、明日からは遺体捜索に切り替えるらしい。なんだか、割り切れない気分だけど」

辰夫は一気に話して清美を見つめ、息を吐いた。

「今夜、どうするんだ。この避難所は登録してない者は泊まれないぞ。被災者のために作られたんだからな。緊急を要する被災者は別だけど。清美は実家が流されたからその資格は充分にある」

そう言って、辰夫は勇太たちのほうをチラチラ見た。

「大丈夫。私たち、大型バンで来たから。支援物資を下ろしたから、寝る場所は充分にあるわよ」

「だったらいいんだけど。ちょっと待ってろ」

辰夫はそう言うと、入り口に走っていった。

「なんだ、あの野郎」

「中学と高校の同級生。彼、高校を出ると、すぐにお父さんの船に乗ったの。漁師になるのが夢だったんだって」

「単に勉強が嫌いなだけだったんじゃないの」

加藤がカメラを避難者に向けたまま言った。

「彼、高校の生徒会長よ。それに、小学校のときから言ってたらしいわよ」

辰夫が両手にスーパーの袋を下げて戻ってきた。

「今夜と明日の朝の食料だ。この券で外の炊き出しがもらえる。校長が他の奴らにも持ってけって。今日はトン汁だ。食ってったほうがいいぞ。身体が温まる」

「校長が優しいのか、持ってきた支援物資のおかげなのか。あんたを見てたら分からなくなるね」

加藤は皮肉を言いながら受け取った。

「そろそろ食材が尽きかけてる。明日中に支援物資が届かなかったら、食い物は町が備蓄してた非常食だけだ。乾パンと缶詰だ。年寄りには酷だよな。入れ歯、流された者も多いから。袋に使い捨てカイロも入ってる。外はかなり冷えるはずだから」

「俺たちのことなら大丈夫だ。これはもらっておくけど」

「あんたらの心配じゃないよ。一人が風邪をひくと、すぐに避難所全体に広がる。だから風邪をひいてもらいたくないんだ」

じゃ、暖かくしてムリするなよ、と言い残して辰夫は行ってしまった。行く前に清美を見て何か言いたそうな素振りをしたが、勇太たちの視線に気づき、何も言わなかった。

「彼、頭良かったのよ。運動もできたし。隣のクラスの女の子も見に来てたんだから」

「それだけ漁師が魅力的だったというわけか」

加藤が辰夫の後ろ姿にカメラを向けて言った。

四人はバンに戻った。後部の荷台は空いたが、四人が横になるといっぱいだった。

夜が更けるにつれて寒さがバンの周囲から沁み通ってくる。特に車の床の冷たさは氷の上に寝ているようだ。海から吹いてくる風に、時折り、バンがガタガタと揺れた。辰夫が言った通りだ。明日のことを考えると、睡眠だけは取らなければならない。勇太は風の音を聞きながら眼を閉じた。

被災地に入ってから特に疲労を感じる。悲しみに暮れる人たち、いやそれさえも感じるゆとりのない人々、そして瓦礫の荒野を見ているだけで精神的に疲れるものなのだ。

身体の位置を変えたとき、手が硬いものに触れた。トランペットのケースだ。無意識のうちに引きよせていた。そして、そっと蓋を開けると、マウスピースを握りしめた。しばらくじっとしていたが、落ち着かない。

そっと上体を起こし、ドアを開けて滑り出た。

全身を冷気が貫いていく。

車から離れると、マウスピースを口に当てた。握りしめていた手の温《ぬく》もりが唇に伝わる。しかし、それもすぐに金属の冷たさに変わっていく。腹に力を入れ、息を吐いた。足踏みをしながら、トランペットを吹き鳴らすイメージを浮かべようとしたが、闇と冷気がそれを消し去っていく。

闇の中に思い切り息を吐くと、車に戻っていった。

車のドアを叩く音がする。

勇太は上半身を起こした。ウインドウの向こうに顔があって、指先でガラスを叩いている。辰ちゃんと呼ばれていた男だ。スイッチを押したがウインドウは下がらない。

辰夫はしきりに指先でキーを回す動作をしている。

「キーを回して。エンジンを掛けなきゃ、窓は開かないでしょ」

いつの間にか起き上がっていた清美が言った。

勇太はドアを細く開けた。

「校長に叱られたよ。何で体育館に入れないんだって。あんたらは、はるばる神戸から支援物資を運んできてくれたお客だから特別待遇だそうだ。体育館は車の中より手足を伸ばせるぞ。寒いのは同じだけどな」

「手足が伸ばせりゃいいよ」

背後から加藤の声がする。

気がつくと、全員が上半身を起こしている。やはり寒さと狭さで眠れなかったのだ。

四人で毛布とブルーシートを持って体育館に入った。寒さはさほど変わらないが、屋根と壁で外部から護《まも》られているという安心感がまったく違っている。

中は、ほぼ被災者で埋まっている。

「なぜか隅から埋まっていくんだ。これって人間の心理なんだろうな。真ん中辺りに少し空間があるから適当に入って寝てくれ」

辰夫は勇太の肩を押すと、清美をちらりと見て行ってしまった。

四人は人の身体を避《よ》けながら、スペースを探して中央に進んだ。

中央付近に、何とか四人が横になれそうなスペースがある。

ブルーシートを敷いて、その上に毛布を広げた。

勇太はアノラックを着たままもう一枚の毛布に包《くる》まって横になったが、床からの冷えは思っていた以上だった。おそらく外は氷点下になっているに違いない。

被災地に入ってからのことを整理しようとした。

たった二日間のことが、頭の中でうまくまとまらない。清美の実家、父親の勤める町役場、避難所。神社で暮らす家族はどうしているだろうか。瓦礫に埋まっていた親子三人。消防署で清美の兄に会うことができた。肉親のことを思いながらも懸命に生存者を探す人たち。高橋はなに者なんだ。そして、今は自分たちも避難者と一緒に体育館に身体を横たえている。

隣から、板をこすり合わせるような荒い音が聞こえてきた。加藤のいびきだ。

勇太は寝返りを打った。

ほんの数十センチ先に清美の顔が闇の中にかすかに見えた。気づかれないように息を呑《の》んだ。動悸《どうき》が激しくなった。清美の眼が開いて勇太を見つめていたのだ。

「眠れないのか。昨日もほとんど寝てないんだろ」

「勇ちゃんもほとんど寝てないんでしょ。ごめんね、私のために」

「どうせ、ボランティアに来るつもりだったんだ。いや、親父に行かされてたよ。いつもそうなんだ」

「マスター、地震や洪水があると、いつも出かけるものね。おばさんと一緒に」

「神戸の恩返しだと。俺も高校までは連れ出されてたよ。店の定休日に学校休まされて。由香里も入れて家族一緒にボランティアだ。小学生のころは楽しかったけどな。中学になると、これっておかしいんじゃないかと疑問を持ち始めた。非常識だと思わない。先生に呼び出されたときは、逆に先生に説教だよ。ボランティアは最高の授業だって」

かすかな笑い声が聞こえてくる。

「先生も反論できなくて、相当ストレスがたまってたよ。ああなると完全な趣味だね」

「勇ちゃんちも地震で壊れたんでしょ。そして火事が起こって。阪神・淡路大震災よね」

「家は建て直せばいい。でも、死者は生き返らせることはできないって。親父の口癖」

「仏壇の写真、亡くなった下の妹さんでしょ」

「彩花のこと、知ってたのか」

「もうずいぶん前、仕事の後、おばさんにお茶とケーキを御馳走になったとき見たの。話のほうは、果物屋の畠山《はたけやま》さん。あのおばさん、あまりしゃべらない人なんだけど、私が聞いたら話してくれた。知っておかなきゃならないことだと思うから話すんだって。神戸に古くから住んでる人は、あの震災で何かしらのつらい思い出がある。それがだんだん忘れられていくのが悲しいって。次の世代の人にとってはあまり関心ないんだろうけど、やっぱり大事なことだって言ってた」

清美は低い声でぼそぼそとした口調で話した。しかし、今度の東日本の被害は神戸を遥《はる》かに超えるものになることはたしかだ。

体育館は静まり返っていた。しかし、多くの人たちが眠れない時間をすごしているのは分かった。時折り、年配者のものらしい咳《せ》き込む音が聞こえた。

芯から冷え込む冷気が、板の床から身体に染み込んでくる。源一が持たせてくれた羽毛のアノラックがなかったら我慢できないだろう。加藤がしきりに寝返りを打ち始めた。やはり寒さを感じているのか。

清美はダウンコートに包まっている。抱き合っていれば暖かいのにと思ったが、慌ててその考えを打ち消した。こんなときに不謹慎だと思ったのだ。

そんなことを考えているうちに、強い眠気に襲われ眠りに落ちていった。

第五章　三月十五日

1

「朝っぱらから何だって言うんだ」

加藤が上半身を起こして、呂律《ろれつ》の回らない声を出した。脳はまだ半分眠っているのだろう。

たしかに体育館の外が騒がしい。見ると、周りでも何人もの人が立ち上がり、出入り口に向かっていく。

「何が起こったんですか」

勇太は隣の中年女性に聞いた。彼女は出入り口に向かって正座して手を合わせている。

「亡くなったんだよ。教室に避難していた武田《たけだ》さんちのおばあちゃん。八十三歳だったかね。今朝起こそうとしたら亡くなってたんだって。昨日は自分で座って食事もちゃんとしたんだよ。ここに来てから寝てる時間が多いって、お嫁さんは言ってたけどね」

「なんで死んだんですか。理由があるでしょ。心筋梗塞《しんきんこうそく》とか、脳溢血《のういっけつ》とか。医者には見せたんですか」

加藤が矢継ぎ早に聞いた。手にはカメラを持っている。

「さあ、なんだろうね。小さな避難所だから、医者も看護師もいない。持病の薬を持って避難できた人は少ないし、途中で薬を流された人も多い。寒くてよく眠れないし、食事も充分じゃない。水だってあまり残ってないって言ってたし。ないない尽くし。全国の人が送ってくれたもの食べてて、贅沢《ぜいたく》は言えないんだろうけど」

中年女性は深いため息をついた。

「私だって、もうどうでもいいって思うことがあるもの。命は助かったんだけど、家も流されて着の身着のまま。夜、眼《め》を閉じて、このまま覚めなかったらどんなに楽だろうって」

しゃべるにつれて声に元気がなくなってくる。眼には涙が浮かんでいた。

「これからどうするんですか。その――遺体なんか」

「知らないよ」

加藤の言葉にぽつりと答えると、もう一度両手を合わせて眼を閉じた。

カメラを腹の前で握って出口に向かって歩いていく。

中学生くらいの少女が戻ってきて、

「私、亡くなったおばあさんって知ってる。中年女性の横に座った。中年女性の子供らしい。たけど顔色だって良くて、よく食べてたのに。早く家に帰りたいっていつも言ってたわよ。家は流されたはずなんだけど」

「気丈そうに見えても心の中はかなり参ってたんだ。これからもっともっと同じような人が増えるよ。本当にこの先どうなるんだろうかね」

勇太の横で高橋と清美が無言で聞いている。

「何だか暗い顔した人が多いよな」

勇太は声を潜めて言った。

「無理もないんじゃない。ここにいる人の大部分が、まず家をなくして、そして家族の誰かを亡くしてるんだから。お年寄りには耐えがたいわよ。お年寄りでなくても」

「何か美味《うま》いものを食わして、風呂にでも入れれば気分も違ってくるんだけどな。しかし松南中学の避難所とはえらい違いだな」

勇太がしみじみした口調で言った。

「たしかにここは地震から四日もたってるのに、何もないわね。なんだかシベリアの収容所みたい。東京から五百キロ程度しか離れてない所なのに」

「風呂と美味いものですか。たしかに日本人がいちばんほっとして、生きてるって感じるときですね。しかしここは、飲料水すらまともにないんですからね」

高橋が何か考え込みながら呟《つぶや》いた。


おにぎり一個とペットボトルのお茶一本の朝食後、勇太と清美は今日の予定を話し合った。近くの避難所を聞いて、一つひとつ回っていく。それしか方法を思いつかない。

加藤は今朝撮った写真をパソコンに取り込んでからも、ずっと画面を睨《にら》んでいる。インターネットで情報を仕入れているのだ。電話はつながらなくても、インターネットはつながっている。ここでは加藤がいちばんの情報ツウだ。

もう、充電させてやらないからな。勇太は心の中で呟いた。昨日から加藤に泣きつかれて、カメラやパソコンの充電にバンのバッテリーを使わせているのだ。

「これなんかどうだ。絶対にこの近くだぜ」

加藤が勇太と高橋にパソコンを向けた。

ディスプレイには、南港町《なんこうちょう》の清涼飲料水の製造工場の写真が出ていた。南港町は磯ノ倉の隣町だ。泥水の中に、ビール、水、ジュースなどのペットボトルや缶が散乱している。出荷前の商品の集積所が津波の直撃を受け、倉庫が破壊されて流されたのだ。

「この避難所、水不足なんだろ。水なんてコンビニか自動販売機に行けば山ほどあるって思ってたけど、両方とも流されたんじゃな」

「これから近くの避難所を回って、清美の両親の安否を調べる。ここにだって友達がいたんだ。他の避難所にも知り合いがいるかもしれない。両親が避難所にいなくても、誰かが何か知ってることもあるだろ」

加藤は勇太の話の間にも、ディスプレイから顔を上げようともしない。

「車を出してくれ。なくならない間に取って来ようぜ」

やっと顔を上げたかと思うと言った。

「一人で勝手に行けよ」

「冗談だろ。遠いし、水は歩いちゃ運べないだろ」

「俺は清美の家族を探しに来たんだ。まだ、両親を見つけちゃいない」

「途中で避難所に寄ればいいだろ。俺だって清ちゃんの両親を見つけたいんだ」

「だったら黙ってろ」

勇太の語気が荒くなった。自分でも抑えられない感情が湧き上がってきたのだ。

「やめてよ、ケンカするのは」

清美が声を上げた。二人を交互に見つめている。

「お兄ちゃんは生存者の救出に一生懸命だった。辰ちゃんも家族を亡くして、お父さんも見つからないのに、この避難所を維持するために働いてる。私も今できることをしたほうがママもパパも喜んでくれるかもしれない」

「じゃ、こいつの言うとおり工場に水を盗みに行くのか」

「そうよ」

清美は軽く言って頷《うなず》いた。

「分かったよ。行きゃいいんだろ」

勇太は不貞腐《ふてくさ》れたような声を出した。

「決まりだ」

加藤はパソコンを閉じて、カメラのメモリーを新しいのに入れ替えている。

2

地震と津波から五日目だというのに、眼前に広がる光景は神戸を出発したときにテレビで見た光景とほとんど変わっていない。変化と言えば、瓦礫《がれき》を両側に寄せて、細い道ができた程度だ。それも車一台がやっと通れるものだ。

勇太は慎重にバンを走らせた。それでも避難所を出て一時間ほどでパンクして、加藤に文句を言われながらスペアタイヤに付け替えた。これで替えのタイヤはなくなった。

一時間ほどで加藤が調べた清涼飲料水の製造工場に着いた。

海岸から五十メートルほど入ったところに三棟の工場が並んでいる。その工場の半分は外壁が崩れて中が見えている。工場を取り囲む塀はほとんどが消えていた。

バンは近寄れるところまで行ったが、工場はまだ三十メートルほど先にある。

高橋の指さすほうを見ると、たしかに箱が散乱している。そしてその周りには二十人近い人たちが缶やペットボトルを拾い集めている。

「ビンゴ。水のペットボトルだ」

三人はバンを降りて工場の敷地に近づいていった。

「やっぱりやめようぜ。こんなときだからこそ、やめたほうがいい」

「お前、気が小さいのか、バカなのか。両方なんだろ」

「二人とも落ち着いてください」

高橋がかろうじて残っているフェンスの一部に眼を向けて言った。

紙が貼ってある。

『みな様へ。当工場から流出した飲料水のペットボトル、缶飲料は差し上げます。有効にお使いください。ただし、よく洗ってからお飲みください。万が一問題が生じましても、当社では責任は負いかねます。まだ余震は続いています。どうか気をつけてお運びください。工場長』

「俺、今日からここのモノしか飲まない。ファンになった」

加藤は満面に笑みを浮かべながら、缶ビールを拾い集めている。

「粋な工場長だぜ。まあ、半分ヤケになってるんだろうけど。どうせ放っておけばいずれ海が持っていってしまうか、ゴミになるんだ。だったら必要な人にだ」

「温かいインスタントラーメンが作れるな。みんな喜ぶ」

勇太はインスタントラーメンをかじっていた避難者がいたのを思い出していた。予定外の水は使えないと言われたのだ。

「賛成。初めて意見が合ったんじゃないの。インスタントラーメン、ビール呑《の》みながら食うの美味いぞ。ささやかな贅沢をしても、バチは当たらないんじゃないか」

加藤が嬉《うれ》しそうに声を上げた。

三十分ほどで水の一・八リットルペットボトルを百本ほど集めた。加藤はビール缶をデイパックに詰め込んでいる。

「海岸に行ってみましょう」

バンに戻ったとき、高橋が海を見ながら言った。

「釣りには道具がいるぜ」

「魚がいるのは海ばかりじゃないです」

高橋は地図を出して見ている。

勇太たちは港に行った。

バンを降りて港を歩いた。堤防の上に全長十メートルほどの漁船が横倒しになっている。堤防付近も瓦礫で埋まり、市場や事務所、港湾施設の大部分が流されていた。基礎のコンクリートだけが残っていたり、一辺五十センチもあるコンクリートの柱だけが瓦礫をまとって建っている。その周りにも、流されてきた家の一部や車、横倒しになった大型クレーンや船が打ち上げられていた。初め異様に感じた光景も、すぐに見慣れた光景へと変わった。

ここでも、被害を受けながらも何とか建っている建物のほうが珍しかった。

加藤がカメラのシャッターを切りながら、堤防の瓦礫に近づいていく。瓦礫の中にバスが埋もれている。そして、その側面に漁船が刺さるように突っ込んでいた。

カモメやカラスが飛び交っているのが見えた。

勇太たちは高橋の言葉でその下に向かった。

「水産加工場の冷凍庫です。陸揚げした魚を処理して保管する倉庫です」

建物の出入り口のシャッターが内側に折れ曲がり、一部に大きな隙間ができている。津波の衝撃で変形したのだ。

隙間から中をのぞくと、冷やりとした空気が顔に降りかかってくる。

高橋は隙間から中に入った。勇太たちも慌ててあとを追ったが、中には冷気が全身を包み込むように溜《た》まっている。

奥に進んだ高橋は高く積まれている箱の一つを取って中身を勇太に見せた。

中には真空パックされたホタテが入っている。

「フカヒレ、エビ、カニ、カレイ、ホタテなど高級食材を保管する冷凍庫です。電源が切れて五日目です。ギリギリってところですか」

「でも、まだヒンヤリしてる。完全には解凍されてないモノも多いな。充分使える。もったいない話だぜ」

「あと二、三日で腐りだすな。少しもらってって、今夜は海鮮料理だ。お前、中華レストランの息子だったな。料理は上手《うま》いもんだろ」

「あんたよりはな」

店では皿洗い専門だとは言えなかった。しかし、二十年以上間近に見ているので、やり方くらいは分かる。バンドの仲間内での飲み会では、料理いっさいを引きうけていた。食べた者はほとんど例外なく絶賛する。皿洗い専門だと知っている者はいない。

「一度、チャーハン作ってくれたけど、さすがと思った」

清美が勇太を見て言った。店の定休日に、実家から送ってきた食品のおすそ分けにウニの缶詰を持ってきた清美に作ったのだ。

「じゃ、フランス料理が食いたいな。フカヒレでうまいスープができるよな」

「それは中華だろ。材料もないし、道具もない。ムリな話だぜ」

「しかし、このまま腐らせるのはもったいなさすぎる」

たしかにその通りだ。父親なら涙を流して嘆き、怒り出すだろう。

「車に積み込め。そのために来たんだろ」

「これは泥棒になるわよ。持ち主がいるのよ」

「このまま放っておくと、サメとエビが化けて出てくる。成仏させてやろうぜ」

そのとき、倉庫の入り口で音がした。

四人は慌てて積み上げられた箱の陰に隠れた。

シャッターの隙間から台車を押した男が入ってくる。泥だらけの作業着を着た初老の男だ。かなり疲れた顔をしている。

男は箱の前で立ち止まり、しばらく眺めていたが腰を伸ばして箱を取ると台車に積み始めた。かなり無理をしているようで足元がおぼつかない。

「見ちゃいられないぜ」

加藤が箱の陰から出て男に近づいていく。

男は箱を積む手を止めて加藤に目を止めた。

「俺がやってやるよ。あんたは横で休んでろ」

加藤は男を押し退《の》けて箱を台車に積み始めた。

「待ってれば、車にも積み込んでやるぜ。車で来てるんだろ」

「私は――」

「どこの避難所だ。若いの連れてくればよかったんだ。あんたみたいな年寄りに食料調達させるなんて。そんな避難所出てしまえよ」

二人の背後に出てきた勇太と高橋と清美は、固まったように突っ立って二人のやり取りを聞いている。

「お前らも手伝ってやれよ。この爺《じい》さんも被災者なんだぜ」

「申し訳ありませんでした」

高橋の言葉に続いて、三人は同時に頭を下げた。

男の着ている作業服には上村《うえむら》海産と書かれている。倉庫の入り口の看板と同じ名前だ。

「私はこの倉庫と海産物のオーナーだ」

加藤は台車に積もうとした箱を元に戻し、呆《ほう》けたように男の顔を見ている。

四人はもう一度そろって頭を下げて、入り口に向かって歩き始めた。

「待ちなさい。あんたらは倉庫のモノを取りに来たんだろ」

「そりゃ、言いすぎだ。俺たちは有効利用したいだけだ。このまま放っておけば腐るだけだ」

勇太が立ち止まり、振り向いて言った。

「私もそう思って来てみたんだ。今さら、移動先を探していたら間に合わない。津波も被《かぶ》っているようだ。箱が泥だらけだ。欲しいだけ持ってっていいよ」

四人は顔を見合わせた。

「本当ですか。有り難うございます」

加藤が姿勢を正して男に頭を下げた。勇太たちも加藤にならった。

「真空パックはしばらくは大丈夫じゃないんですか」

「うちは品質が自慢だったんだ。商品を卸しているところも、関東一円の高級料理屋だ。いちど泥を被った商品を売るわけにはいかない」

勇太たちは男が貸してくれた台車を使って、十箱の海産物をバンに積み込んだ。しばらく倉庫にいたいという男に礼を言い、勇太たちは倉庫をあとにした。


バンに戻って積荷を確認した。

水と水産加工品でバンの荷台の三分の二は、いっぱいになっていた。

「夕飯は御馳走《ごちそう》だな。避難所の年寄りたちが喜ぶぜ」

「これだけじゃ美味い料理は作れない」

「フカヒレもエビも高級品なんだろ」

「生で食うのか。料理は食材だけじゃできないんだよ。野菜や他の食材だっているだろ。それに鍋、釜《かま》もいるし、調味料もいる。あんたが考えてるより千倍も難しいんだ。カメラと一緒だ。シャッター切ればいいというモノじゃないんだ」

「そうだな。いくらいいカメラを持ってても、ダメなものはダメだ」

勇太の言葉に加藤は妙に納得している。

「ホームセンターやスーパーなんて見なかったぜ。あったのは看板だけ。店はどこかに流されてる」

加藤が問いかけるように勇太を見ている。同じことを考えているのだ。

加藤はデイパックの缶ビールを出すと、バンを飛び出していく。

勇太もデイパックをつかみ、加藤のあとを追った。

勇太たちはもう一度、瓦礫の中に入っていった。

この中には、人が生きていくのに必要なありとあらゆるものがあるに違いない。

何万人もの人が暮らしていた家があり、ある日突然、そのままの状態で破壊され、流されたのだ。米も鍋も調味料もあるはずだ。

瓦礫の中を十分も歩くと、加藤の呼ぶ声が聞こえる。

勇太が行くと、大型冷蔵庫が半分瓦礫に埋まっている。

二人は周りの瓦礫を取りのけて、何とかドアを開けた。

開けたとたん、かすかな腐臭が広がった。みぞれが降ったといえ、三月中旬の四日間電気の来ない冷蔵庫の中に放置されていたのだ。

「やはりダメか」

加藤がパック入りの肉を勇太に突き出した。九八〇グラム二千五百円のラベルが貼ってある。賞味期限は三月十五日。今日だ。しかし、ラップを取ってみたら、表面にかすかにぬめりが出ている。魚も出てきたが、ラップを取る気にもなれなかった。

そのとき、加藤の動きが止まった。視線の先に犬がいる。柴犬《しばいぬ》の成犬で二人を見ている。首輪をしているから、飼い犬であることは間違いない。

「ポチ、こっちに来い。お前の飼主はどこに行ったんだ。津波に流されたか」

「なんでポチなんだ」

加藤は勇太を無視して、犬に向かって囁《ささや》くように声をかけながら近づいていく。あと数メートルに近づくと、犬は飛び跳ねるように後ずさりして距離を空ける。

勇太は肉と干物の魚を犬に向かって投げた。犬はむさぼるように食べている。見ていて羨ましくなるような食いっぷりだった。しかし、上目遣いに勇太たちの様子をうかがいながらだ。よほど用心深くなっているのだ。

二人は食べ終わるまで見ていた。

「可哀《かわい》そうに。メチャクチャ腹が減ってたんだ」

加藤がぽつりと言った。妙に実感のこもった言い方だった。

「しかし、犬が食うってことは人間様が食っても問題ないよな」

「そうとも言えんだろ。ハイエナなんて腐った肉だって平気だろ。ハイエナって犬の親戚だよな。なんなら、あんた食ってみるか。料理は俺に任せとけ」

「やめとくよ。こんなところで腹でも下したらどうしようもないしな。避難所のトイレには極力行きたくない」

加藤は諦めたように言った。トイレに行きたくないのは勇太も同じだ。

梅干し、パン二斤、そしてチーズや野菜類で腐っていないものを袋に詰めてデイパックに入れた。

一時間ほどで冷蔵庫を六台見つけ、中の使えそうなものを袋に移した。

二人のデイパックはいっぱいになった。しかし、これでも避難所のおよそ九十人分の食料にはとても足らない。

その間中、ポチはついてきて二人のほうを見ている。

バンに戻る途中、比較的破壊の度合いが小さい家があった。近づいてみると、瓦礫の上に乗りかかるようにある。

家は土台から外れて津波に流されてきたのだ。一階の壁が半分ないのは津波の直撃で破壊されたのだろう。沈まないで浮いていたのは二階がほとんど元のままなので、その浮力で何とかここまでたどり着いたのだ。

「無断で入っていいのか」

「誰に挨拶しろっていうんだ。どうせ、何百メートルも流れてきたんだ。ことによっちゃ、何キロもだ。つまり、持ち主不明なんだよ。俺たちはその調査に入る。前みたいに誰かいるかもしれないだろ」

二人は勝手な理由を付けて瓦礫の上に登った。

ドアを開けようとしてもビクともしない。家全体が歪《ゆが》んでいるのだ。加藤が勇太の肩を叩《たた》いた。

加藤の指さすほうを見ると、壁が半分はがれている。

二人はそこから中に入った。

泥と埃《ほこり》と、腐りかけた海藻の臭いがした。そして、もう一つ別の臭いだ。足元を見ると三十センチほどの魚が数匹死んでいる。

「ここの家族はどうなったんだろ」

「心配するな。すでに捜索が入ってる。足跡だらけだろ。遺体があるとしても、この家の下の瓦礫の中だ」

加藤がカメラを構えながら言った。

「使えそうなものを探そう。米や包丁、まな板、調味料なんかだ」

台所には何もなかった。まだ乾いてない泥を敷き詰めたようで、ヘドロの臭いがした。加藤は出ていこうとしたが、勇太はその腕をつかんだ。

シンクの下の扉を開けると、鍋やザルがある。

「床下収納庫を探せ。こういうキッチンにはついてる」

「そんなの流されてるだろ」

二人で床の泥をかきのけると、収納庫の蓋があった。

なんとか開けたが、泥水でいっぱいで思わず顔をそむける、強い臭いが広がったのだ。

勇太はアノラックを脱いでそでをまくり上げると、顔をそむけながら泥水に手を入れて、中にあるものを取り出して床に並べた。まだ封を切っていない醬油《しょうゆ》やソース、梅干しなどが出てきた。

「米はないのか。普通の家にはあるだろ。買い置きが」

「津波が持ってったんだろ。大食いの津波野郎が」

二人は米を諦め、はちきれそうになったデイパックと、やはり拾ったゴミ袋に詰めた食料を両手に持ってバンに戻った。

振り向けば、ポチがついてきている。距離を取っているが、かなり短くなっているような気がする。

「高橋は？」

バンに戻ったら、高橋の姿が見えない。

「勇ちゃんたちを探しに行ったんじゃないの」

「早く帰ろうぜ。カレーを作るんだ」

「本当にカレーなんて作れるの。勇ちゃんち中華でしょ」

清美が勇太を見つめている。

「親父はなんでも屋の料理人なんだ。子供のころは、店が休みの日はたいていカレーだった。中華をやってるのは、あの辺りの客層はラーメン好きが多いから。俺はその息子だぞ。子供のときから親父に仕込まれてきたんだ。ただし、ジャガイモと玉ねぎと肉があればの話。カレー粉は親父の箱に入ってた」

「中華屋の作るカレーか。美味ければどうでもいいや」

「カレーは日本の国民食だ、というのが親父の持論。というより、一番手軽で大量生産に適してるんだと。まあ、当たってるよ。ただし、日本風の甘ったるいやつ」

「そうね。キャンプや合宿じゃ、必ずカレーが出たわね」

「ジャガイモと玉ねぎ、避難所の倉庫で見たぞ。調理室の横の部屋だ。なんで放っておくんだろって思ってたよ」

「よく知ってるな。いつ調べたんだよ」

たしかに加藤はカメラを持って学校中を歩いていた。

「冷凍庫もあったんだけど、開けてみると、すごい臭いがしたんであわてて閉めた。あれは肉だと思うよ。停電から四日だ。冷凍庫にあったものは全部パアだな」

「肉抜きカレーでもいいじゃない。身体が温まれば元気が出るわよ」

「俺のプライドが許さねえけど、やるだけやるか。ただし、味は保証できないぞ」

そのとき、瓦礫の隅から高橋の姿が現われた。

工事現場で使う一輪車を押している。一輪車には発泡スチロールの箱が積んであった。

「冷凍庫が流されてたのを見つけていたんです。さっきは瓦礫に埋まって雪を被ってました。この寒さだからもしかしてと行ってみたら、場所によっては大丈夫でした」

発泡スチロールを開けると、牛肉の塊が入っている。

勇次は鼻を近づけた。臭いはしない。

「何とか大丈夫らしい。少々ヤバくてもしっかり煮込めば問題ないし」

「怖いこと言わないでよ」

「昔は少々傷んでてもおいしく食ってたんだ。牛だって喜ぶ」

「ビーフカレーか、いいね」

加藤が覗《のぞ》き込んでくる。

「早く帰ろう。こんなところにいてもロクなことないぜ」

勇太は運転席に座りエンジンをかけた。

「待てよ」

加藤の声に、勇太はアクセルを踏み込む足を止めた。

「ポチがついてきてる」

たしかに、二十メートルほど背後にポチが座ってバンのほうを見ている。

「バイバイを言ってるんだろ。ついてきてるわけじゃない」

勇太はゆっくりとバンをスタートさせた。

座っていたポチがバンを追ってくる。

勇太はブレーキを踏み込んだ。

バンが止まると同時にスライドドアを開け、加藤が飛び出していく。

数分後には、ポチが加藤に抱かれてバンに乗っていた。

「誰かいるぞ」

加藤の声にバンはスピードを落とした。

港のはずれの建物の前に自転車が三台止めてある。瓦礫の町の自転車は、なぜか不思議な風景だった。

勇太たちはバンを止めて建物に入った。

定期船の待合室のような建物で、中は他と同様、漂流物が部屋中に散乱し、床は乾いたヘドロで覆われていた。

高橋が静かにするように合図した。

隣の部屋から金属を叩く音がする。

そっとドアを開けると、隅に数台のゲーム機と自動販売機が倒れていた。津波で流されて一カ所に集まったのだ。元はゲームセンターだったらしい。

倒れたゲーム機の周りに三人の中学生くらいの少年がしゃがみ込んで何かしている。勇太たちに気づかないほど集中していた。

シャッター音が響いた。勇太の背後で加藤がカメラを構えて連写している。

少年たちが驚いた表情で顔を上げた。

「何してるんだ」

勇太の怒鳴り声が響いた。

一人の少年の手から百円玉がこぼれた。床には数十、いや数百個の百円硬貨が散らばっている。

他の二人の少年は三十センチ近くあるドライバーとハンマーを持っていた。ゲーム機と自動販売機をこじ開けて硬貨を出していたのだ。

「お前ら金を取ってるのか。そういうの泥棒だぞ。分かってるのか」

勇太の怒鳴り声に少年たちの身体《からだ》がピクリと動いた。

「持ち主はいないだろ。捨ててあるのと同じだ」

少年の一人が座ったまま低い声を出した。

「お前らのやってること、火事場泥棒っていうんだ。人が苦しい目にあってるとき、さらに悪事を働くことだ。最低の行為なんだよ」

勇太は言いながら、俺たちだって同じだなと思った。タイヤやガソリンを盗んだ。ペットボトルと食材だって同じようなものだ。しかし、金を取るのとは違う。生きるためのものだ。そう思い込もうとした。

「警察を呼ぶか」

「警察なんて来ないよ。交番は流されてるし」

「お前ら、家族がいるだろ」

勇太の言葉に少年は黙っている。

「親のところに連れてって、お前らのやったこと全部ぶちまけてやる」

「ムリだと思うよ。こいつの母ちゃんと父ちゃん、津波で流された」

勇太は思わず声のほうを見た。

「お前の父ちゃんだって同じじゃないか」

少年は声を出した少年を睨みつけている。

「親父は見つかったのか」

二人とも黙っている。

「探さないのか」

「面倒くせえよ。四日たっても出てこない。どうせ死んだってことはたしかなんだから」

少年は不貞腐れたような声で言った。勇太は言葉が見つからなかった。

ここの子供たちには、死という言葉が日常になっている。周りを見回せば、ごく普通に「死んだ」「流された」という言葉に行き着く。何も特別なモノではないのだ。

「お前ら、今どこにいるんだ。避難所か」

「関係ないだろ。あんたらこそ、何しに来たんだ。金、取りに来たんだろ。やるよ」

少年は拳を突き出した。握っているのは百円硬貨だ。

「さっさと避難所に帰れ。もう、二度とするんじゃないぞ」

加藤が拳を振り上げて脅すと、三人の少年たちはお互いに眼を合わせるや一斉に入り口のほうに走りだした。

しかし――と少年たちが走り去るのを眼で追っていた加藤が声を出した。

「俺たちも、あいつらと同じことをしてきたんだ。水を拾って食料を無断で持ちだしてきた。金と物との違いだけだ。やっぱり盗みだよな」

首にかけたカメラから手を離してポツリと言った。

「水と食料は生きるためだ」

「あの子たちも生きるために金が必要になる」

勇太は言い返せなかった。

「この金どうする」

「放っておくわけにもいかんだろ」

加藤は怒ったような声で言うと、床にしゃがんで百円硬貨を集め始めた。

3

校舎前に、十人以上の子供たちが集まっている。

上は中学生から、下はまだ足取りがおぼつかない子供までいる。おそらくこの避難所の子供たちが全員集まっているのだ。その中心にいるのは加藤だ。加藤は大声を上げて子供たちに指示を出している。

帰りのバンの中で加藤はひと言も口を開かなかった。カメラを握りしめて、ときどきファインダーを覗いていた。

避難所に着くと、すぐに子供たちを集めて写真を撮り始めたのだ。

「お前ら、あっちに立て」

加藤は子供たちに瓦礫のほうを指した。

子供たちは騒ぎながら、加藤の指示に従っている。

子供たちが瓦礫の前に立つと、加藤はカメラを向けてシャッターを切り始めた。場所やレンズを替えて撮り続けている。

「よせよ、写真は。彼らだって嫌だろ」

勇太が叫んだが、加藤は無視して撮り続けている。

「やめろよ」

勇太は加藤の肩に手をかけた。加藤はその手を振り払ってシャッターを切り続ける。

勇太はカメラを奪い取ろうとした。

「触るな」

鋭い声とともに加藤は勇太を睨みつけた。

思わずカメラにかけた手を引いた。加藤の眼には憎悪にも似たものが含まれている。

高橋が勇太の腕をつかんで加藤から遠ざけた。

「やめましょう。子供たちは喜んでる。それに今回は、彼には彼の考えがあって撮っているんでしょう」

「あいつは金もうけがしたいだけだ。子供たちを利用しようとしてるんだ」

「本当にそう思ってるんですか。私にはそれだけじゃないような気もします。彼のあんな顔を見るのは初めてです」

言われてみれば、あんなに真剣な表情の加藤は見たことがない。

「見てごらんなさい」

高橋の眼は瓦礫の前で騒いでいる子供たちに向けられている。

子供たちは文句を言い合っている者も多いが、嫌がっている様子ではなかった。瓦礫を蹴飛《けと》ばしたり、中から拾った傘を広げたり、加藤に背を向けてしゃがみ込んで一心に何かを探している者もいる。笑い声さえ聞こえてきた。瓦礫は子供たちにとって単なるゴミではないのだ。ほんの何日か前には自分たちの生活の一部だったものだ。

加藤はその子供たちに向かってカメラを向け続けている。

勇太は新たな思いで、加藤と子供たちとを見ていた。

やがて陽《ひ》が傾きかけた。瓦礫が長く影を落としている。勇太は眼をすぼめ、額に手をかざした。陽の光が眩《まばゆ》く眼の奥に入り込んでくる。

瓦礫に当たる赤みを帯びた光がさまざまな方向に散っていく。その前で子供たちは不思議な輝きを見せているのだ。

「きれい、だなんて言うと、不謹慎すぎて叱られそうだけど、何だか地球の原風景みたいね。その中で子供たちが遊んでいる」

振り向くと、鈴木校長が立っていた。瓦礫と子供たちのほうを眩《まぶ》しそうに眼を細めて見ている。

「彼、どうかしたの」

鈴木校長は勇太の横に座りながら聞いた。

「どうもしません。子供たちの写真を撮っています」

「彼、報道写真専門じゃないの。避難所を撮らせろ、歴史に残す義務があるって。けっこう強引な人だったわよ。芸術写真も撮るの」

「撮らないと思いますよ。あれは彼の報道写真です」

勇太はたしかにそう思った。この写真を通じ、彼は何かを世界に訴えようとしている。

「あら、その可愛《かわい》いワンちゃんどうしたの」

鈴木校長が勇太の足元に座っているポチを見て言った。

「港で見つけました。飼主が津波に巻き込まれたのでしょう。可哀そうだったので連れてきてしまいました」

「ここにいる人たちも可哀そうなのよ。お互い慰め合えれば、いちばんいいんだけど。体育館の中へは入れないでね。犬を好きな人と嫌いな人がいるから。それに必ずつないでおくこと。ここには小さな子もいるから」

今までの優しい口調とは違って、きっぱりとした言い方だった。規律は必ず守ってほしいということだ。

「さあ、そろそろ夕食の準備だ。今日は元気が百倍出る美味いものを食べさせてあげますよ」

勇太は立ち上がって食事の配給所のほうに歩き始めた。

「ダメだ。全部腐ってるじゃないか」

ジャガイモの袋を開けたとたん、勇太は顔をそむけた。強烈な臭いが広がったのだ。玉ねぎも四袋のうち、なんとか使えそうなのは一袋だけだった。米も塩水が染み込んでふやけている。

避難所に戻って、加藤が言っていた調理室横の倉庫を調べたのだ。

「スーパーシェフがどうしたんだ」

顔を突き出した加藤も飛びのいた。

「腐ってる。潮を浴びて五日目だ。おかしくなってなきゃウソだよな。玉ねぎが一袋無事だったのが奇跡だ」

勇太は自分自身を慰めるように言った。

「米とジャガイモが使えないんだ。カレーなんてできないぞ」

「じゃ、何を作るんだ。ガキどもは楽しみにしてるぜ。玉ねぎだけでもできるだろ。カレー粉とエビとホタテさえあれば。海鮮カレーってあるだろ。まさか、スーパーシェフのプライドが許さないなんて言わないだろうな」

勇太は黙っていた。まさに、そういう気になっていたのだ。一人でもまずいとは言われたくない。ヘンにそういう気分だった。

「早く代わりを考えろよ。時間がないぜ。今日の夕食は神戸のスーパーシェフがお前らが食ったことのない御馳走を作るって触れ回ったんだからな」

加藤が真面目《まじめ》な顔で言った。

「バーベキューをしましょ。肉も魚も野菜もちゃんとあるじゃない。あとは網だけど金網があったでしょ。あれ使えるわよね、網の代わり」

清美の言葉で勇太の肩から力が抜けた。


加藤と高橋が瓦礫の中に金網を取りに行っている間に、勇太は玉ねぎを切り始めた。カタカタと気持ちのいい音が響き始めると、子供たちが集まってきた。

「おらよりうまいわ。いいお婿《むこ》さんになれるべ」

「関西のお兄ちゃんは、花婿学校に行ってるべかね」

「料理屋を開きな。成功するべ。筋さいいよ。味のほうは分かんねけど」

子供たちにつられてやってきたおばちゃん連中から、さまざまな声が聞こえてくる。

勇太はさらに速度を速めた。物心ついたときから父親の仕事を見ながら育ってきた。

本来、台所に立つのも嫌ではなかった。冷蔵庫の残り物で簡単な夜食を作って自分で食べることはしょっ中だった。

店で遊ばなくなったのはいつからだろう。中学二年のときにマイルス・デイビスのアルバム、カインド・オブ・ブルーを聞いてからか。いや、父親を疎ましく感じ始めてからだ。大衆食堂の親父《おやじ》なんかにはなりたくない。それ以来、音楽というより、ジャズ、トランペットにのめり込んでいったのだ。

清美が洗い物の手を止めて勇太の手元を見つめている。

「整列しろ。肉も魚も山ほどあるからな。食いきれないほどだ。しかし、野菜は少々。また今度だ。最初は年寄り。次が子供。大して食わないからな。そのあとが成人男女だ。慌てるなよ、食い放題だ」

加藤が声を張り上げて、集まった人たちを並ばせている。

辺り中に肉を焼く匂いが広がり始めた。

「兄ちゃん、アリガトよ。これでビールがあったらな」

初老の男が加藤に向かって笑いかけた。

「俺だってそう思うよ」

加藤はにやりと笑い、背後のクーラーボックスを開けた。中には缶ビールがぎっしり入っている。

「悪いな。雪不足であまり冷えてない」

缶ビールを一本取って男に渡した。午前中に水のペットボトルと一緒に拾い集めたビールだ。

「生き返るなあ。兄ちゃん、感謝だよ。津波があって、初めて生きててよかったって思えそうだ」

男は缶ビールと焼肉のペーパーディッシュを両手に持ち、満面の笑みを浮かべている。

「あんたも呑みなよ。俺たち用に特別二本ずつ取ってるから」

加藤が高橋にウインクして言った。

「私はいいです。呑めないんです」

「せっかくのバーベキューだ。ちょっとくらいいいだろ」

高橋は頭を下げて行ってしまった。

「久し振りに熟睡できそうだ。有り難うよ」

「このお肉、本当においしいわ」

「そりゃあそうだ。高級和牛だもの。エビもおいしいよ。十人分くらい食べなよ」

そこかしこで笑い声が上がっている。

「有り難う。ここに来て初めて聞いた笑い声よ。本当に有り難う」

鈴木校長が勇太たちに向かって頭を下げた。

バーベキューは二時間以上続いた。

いつもは淡々と並んで配給の食事を受け取ると、会話もなく体育館と各教室に引き上げていく避難者たちも肉や野菜を頰張りながら雑談している。

「うまいな。さすが中華料理屋の息子だ」

「中華料理屋がバーベキューか。親父が聞いたら怒るな」

「でも、たしかにうまかったよ。タレがよかったんだ。家庭の味って言うんだろうな。つまり庶民の味だ。あれ、お前の親父が作ったんだろ」

「何を思ってか知らないが入ってた」

「大勢で極限状態で食えば、なんでもそこそこうまいんだろうけど」

加藤は妙な誉《ほ》め方をした。いや、誉めたというより、けなしたのかもしれない。最後に、この程度だと、俺にだってできないこともないだろうなと勇太に聞こえるように言ったのだ。

その通りだ。しかし、ラーメンはそうはいかねえぞ。いつか必ず、文句の言えないものを食わしてやる。なぜか勇太は、怒るより強くそう思った。

「瓦礫の中から食料を探すか。これだって立派な自立だよな。それに、お前の親父ってすごく頭良くないか。必要なものは何でも積んでるんだな」

　加藤が勇太に言った。焼肉のタレと塩コショウが積んであったのに感心しているのだ。

「頭はむしろ悪いほうだけど、生き残りにはかなりこだわってる。神戸の震災ではかなり苦労したからな。なんせ半年避難所で暮らして、その後一年半、仮設住宅に入ってた。俺と妹はそこから小学校や幼稚園に通ったんだ。ライフラインの完全復旧までには三カ月以上かかってる。生き残りに必要な知恵はそのときにつけたんだ」

「サバイバルには強いってわけか」

「おいしいものを食べるってことが人間にとっていかに大事かってことが分かったわ。体育館の冷たい床に座っておにぎりとお茶かパンと牛乳じゃ、食欲もないだろうな。とくに、お年寄りには」

　清美がまだ談笑している避難者たちに眼を向けながら、しみじみとした口調で言った。

　食事のあと、勇太たちのところに辰夫がやってきた。

「今日は感謝してる。鈴木校長が礼を言っておいてくれって」

「みんな、本当によく食ったな。今までロクなもの食ってなかったんだろ」

「今日で津波から五日目だが、腹いっぱい食ったのは初めてなんだ。みんな着の身着のままで逃げてきて、そのままここで暮らし始めたんだからな」

「ラジオじゃ、被災地に向けて全国から支援物資が続々届いているって放送されてるぜ。でも、ここには何も届いてないだろ。ほとんど自給自足だ」

加藤がまだ列に並んでいる避難所の人たちを見ながら言った。

たしかに松南中学の避難所とは、支援物資の量がまったく違う。ここには基本的な水や食料すら充分ではない。支援物資がほとんど届いていないのだ。

「支援物資が届いているのはマスコミに出てる大きな避難所だけだ。その他のところは忘れられてる」

「ここだってそこそこに大きいぜ。百人近くいるだろ」

「九十二人だ。ここは交通の便が悪いんだ。学校前の道を車が通れるようになったのは、あんたらが来る数時間前だ。それまでは元気な者が大きな避難所まで歩いて支援物資を取りに行ってた」

全国から送られてくる支援物資には、県に届くものと直接避難所に届けられるものがある。テレビや新聞で取り上げられる避難所には、直接届けられるものが多くなる。

「県に来た支援物資は、まずいくつかの集積所に集められて仕分けされる。それから各避難所に送られるんだ。この近くの集積所は隣町の小学校だ。そこから各市町村の要請で分けられる。とはいえ、この辺りじゃ、かなりの市役所や町役場が津波で流されてるからな」

辰夫はまずかったという顔で清美を見た。

清美はなんともないというふうに聞いてはいるが、内心はかなり参っているはずだ。

「集積所から各避難所に配ってくれるといいけど、今はガソリンが足らない。沿岸部のガソリンスタンドがすべて津波でやられてる。車があっても燃料がなきゃどうにもならないからな」

「俺たちが運んできてやろうか」

余計なことを言うな、と勇太は加藤を睨みつけた。

「俺たちは友達の家族を探しに来たんだ。一人は見つけたが、まだ母親と父親を探さなきゃならない」

「支援物資の集積地はどこなの。行けばすぐにくれるの」

清美が辰夫に聞いた。

「ぶらっと行ってもダメだろうな。鈴木校長に必要なことを聞いておくよ。きっとすごい感謝だぜ」

勇太は断ろうとしたが、今度は清美に強い視線で睨まれた。

「ガソリンは限られてるんだぜ。よけいなことする必要ないだろ」

辰夫が行ってから、勇太は加藤に言った。

「なくなりゃ、その辺の車からもらってくればいい。二度と動くことのない車だぜ」

「やっぱり泥棒だぞ。警察だって見張ってる」

「いずれ車も撤去するんでしょ。ガソリンが入ったままじゃ、危険よ。今だってかなり危ないわよ」

勇太と加藤は清美を見た。清美が自分から言い出したのは初めてなのだ。両親を探すのを諦めたのか。


その夜、勇太はドラム缶の焚火《たきび》の前に座って、燃え上がる炎を見つめていた。足元の廃材を放り込むと、しばらくの間をおいて炎が高く上がる。火が怖かったのはいつまでだっただろう。震災後はガスコンロの炎さえ、見つめるだけで恐怖が込み上げてきた。あるとき大声を上げて泣き出したことがあった。自分では意識しなかったが、震災の火事の炎が心の奥にあるのでしょうと、母親に連れていかれた精神科の医者は言った。

小学五年生になって、源一に厨房《ちゅうぼう》に連れていかれるようになってからは、そんなことは言っていられなくなった。そしていつの間にか平気になっていた。

今では、眼の前で明るく燃える炎は暖かく頼もしく感じる。恐怖を克服したというより、無理やり慣らされたという感じだった。

加藤が勇太のところにやってきた。何も言わずパイプ椅子を引き寄せて、勇太の横に座った。加藤も無言で炎を見つめている。

夜が更けるにつれて冷え込みは強くなった。

「俺の両親と弟は俺が七歳、小学校二年生のときに交通事故で死んでしまった」

加藤がぼそりと話し始めた。

「家族で遊園地に行った帰りだった。高速道路を走ってた。親父は銀行勤めの普通のサラリーマンだったが、残業続きで疲れていたんだ。それなのに俺が引っ張り出した。どうしてもジェットコースターに乗りたかった。友達に自慢したかったたんだ」

勇太は廃材をドラム缶に放り込んだ。炎が高く上がり、加藤の顔を赤く照らした。

「弟と両親はほぼ即死だった。俺はなんとか命は取りとめたが、足の腱《けん》が切れてね。歩き方がおかしいだろ。だから小学生のときから嫌な思いはたくさんしてきた。子供ってのは残酷なところがあるからな。まあ、そんなことはどうでもいいんだ。五体満足だと、かえって自分が許せなかった。俺がムリに遊園地なんかに連れてけって言わなきゃ、家族でまだ笑っていられたんだ」

「悲劇だな」

「最高の悲劇だよ。俺は七歳にして家族全員を殺してしまった。七歳のガキにも責任の重さってのは分かるんだ」

「俺だって小学校三年のときに神戸で地震にあってるんだ。二歳だった下の妹が死んだ。

家だってペチャンコで燃えてしまった。半年、避難所生活だ」

「初め、おじさんの家に引き取られたが、二年でおん出た。いくら親戚だって言っても、よそ者なんだよ。九歳のガキでもがまんできないこともあるんだ。両親の保険金があったけど、いつの間にか消えてた。ずいぶん後になって、引き取ったおじさんが使ってしまったと、親戚の一人から聞いたけどな。経営していた工場がうまくいってなくて全部つぎ込んだそうだ。それからは〈希望の家〉暮らし。身寄りのない者や、行き場のない子供が暮らすところ」

ゲーム機に群がっていた中学生たちが勇太の脳裡《のうり》に浮かんだ。

「カメラはどこで勉強したんだ。プロカメラマンとして海外にも行ったんだろ」

「あれはウソ。日本を出たことなんてないよ。いつか必ず出てやるとは思ってるけどな。カメラは自己流だ。今のカメラはＩＴさえ勉強すればバッチリよ。ピントも色もすべてカメラがやってくれる」

勇太はかすかに息を吐いた。こいつには勝てないなと思ったのだ。

「俺のほうが勝ってるな。お前の十倍も不幸で可哀そうだろ」

勇太は言い返す言葉を考えたが、思いつきそうになかった。

そっと加藤を盗み見た。小太りで色白の一見、育ちのよさそうな男だ。今聞いた話が真実だとはとても思えない。幸福なサラリーマン一家の息子だ。

「俺はあの子供たちを――」

一瞬、加藤の言葉が途切れた。そして、次の言葉を探すようにしばらく無言だった。

「俺はあいつらを絶対に埋もれさせない。あいつらの存在を日本中に、世界中に知らせたいんだ。こんなにひどい目にあっても、人は、子供たちは生きているんだってことをな」

加藤の声は深夜の闇の中に沁《し》みるように聞こえていた。

4

「今日は大活躍でしたね。さすが料理人と思いました」

加藤がショウベンだと言って立ち去った後、突然頭上から高橋の声がした。

「包丁さばきなんて、練習すれば誰にでもできるよ。それに、バーベキューなんて料理じゃないぜ」

勇太は多少ムキになって言った。しかし、本音だ。

高橋が勇太の横に座った。

「どうかしましたか。今日は、ヘンですよ」

「ここに来てからいろいろ複雑な気分になったんだ。頑張れば何とかなるって気分と、何をやろうとどうにもならないって気分がごちゃ混ぜになってしまった」

「当然です。これほどひどい現実を眼の前にしては。しかも、今も続いている。でも、勇太さんは充分すぎるくらい頑張ってると思いますよ。この数日で、勇太さんのことを忘れないって人も多く出てるはずです」

「俺の目的は清美の家族を探し出すことだ。そのために神戸から来たんだぜ。まだぜんぜん目的を果たしていない」

「昨日はお兄さんが見つかりました。明日があるでしょう。ここまで来たんだ、焦らないことです」

「そうも言ってられない」

「ガソリンですか」

勇太は頷いた。

「燃費の悪い車だから、せいぜいあと半日だな」

「タンクはいくつ残ってる」

顔を上げると加藤が立っている。

「昨日ので最後だ。つまり今、車に入ってるだけ」

「だから、ガソリンなんて置いてく必要ないと言っただろ」

神社の家族にガソリン缶を置いてきたことをまだ言っているのだ。

「一時間ほど西に走ればガソリンスタンドはあるが、何時間も並ばなきゃならないらしい。それでも買えるのは十リットル程度だ」

加藤は頻繁にインターネットを見ているので新しい情報を持っている。

「今夜、行って並ぼうぜ。朝一番に入れてもらえる」

「それで十リットルじゃ、往復のほうがガソリンを食う」

「じゃ、例の手を使うしかないか」

「やめたほうがいいです。もう車の撤去は始まっているし、取り締りが厳しくなっているようです。警察のパトロールが多くなっています。住人が避難してる家への空き巣が多発してるらしいです」

「日本人はこういうときでも秩序正しく思いやりがある国民です、なんて新聞に書いてるのは誰なんだよ。勘違いもはなはだしいぜ」

「俺たちは瓦礫の中から拾って来たんだ。家だってあれだけメチャクチャになって流されてれば瓦礫と一緒だ」

勇太は言い訳のように言った。

阪神・淡路大震災のときでもあったことだ。あまりに窃盗が多いので神戸の商店街では自警団を作って見回った。自宅が半壊して避難所暮らしの者は、自宅に帰るたびに何かがなくなっていると諦めた表情で言った。

「どうすればいいんだ。ガソリンがなきゃ、車は走らないぞ」

「一時間後に出かけましょう。それまで少し寝ててください」

何かを考え込んでいた高橋が決心したように口を開いた。


午後十時をすぎて勇太はバンを出した。

助手席には高橋が座っている。さらにその後ろには清美と加藤がいた。

清美には黙って出かけるはずだったが、加藤の態度を見て何かを察した清美が問いただした。その結果、清美がどうしても行くと言い張ったのだ。

「あの角を右に回ってください」

高橋が身体を乗り出すようにして前方を見つめている。

「あっちは海に出るぜ。あの辺りの車は片づけられている」

「二キロほど行くと、ガソリンスタンドがありました」

「曲がった支柱に看板がぶら下がっていたところか。給油スタンドなんて流されてたぜ。あるのは瓦礫ばかりなりだ」

「店と給油スタンドは流されていました。でも、地下のタンクはあるはずです」

「津波で潮が流れ込んでるだろ」

「どうなってるか、たしかめてみる価値はあります」

「ガソリンって地下に貯めてるのか」

加藤が驚いた口調で聞いた。

「他にどこに貯めるんだよ。どこにもタンクなんてないだろ。危険物なんだぞ」

「じゃ、流されていない可能性もあるんだ」

そのとき高橋が前方を指差した。道路の角に支柱が立ち、ガソリンスタンドの看板が片方外れて垂れている。

勇太は車を止めてライトを消した。

「やっぱりこれって泥棒だろ。中学生に大きなこと言えた義理じゃないな」

「ちゃんと保険でカバーされます。それより、ガソリンタンクとポリタンクを持って。それにポンプも」

高橋が小声で言ってポンプを出した。長いホースの真ん中にモーターがついている。風呂の残り湯を洗濯機に移すときにつかうポンプだ。電池式のものだ。

「瓦礫から見つけました。水で洗って電池を入れ替えたら動きました」

「このポリタンクはどうするんだ」

「灯油があれば、もらっていきます。老人には体育館の床は冷たすぎます」

ストーブは何台かあったが、避難所に来て二日目には灯油が切れた、と辰夫が言っていた。

四人は両手にタンクを持ってガソリンスタンド跡に近づいていった。

高橋は片手に一メートル近くあるバールと大型のレンチを持っている。

ガソリンスタンドの敷地の半分は瓦礫に埋まっている。家の廃材とへしゃげた車、家財道具に家電器具、そして泥だらけの布団や衣服。さらに海から流れてきた漁船、漁網や漁具が絡まり合っている。給油スタンドはどこにも残っていない。すべて津波に流されたのだ。

「地下タンクに海水が入ってたら、使い物にならないだろ。エンジンが壊れるぜ」

「ガソリンを抜き出して見れば分かります。それに、上だけを吸い上げます。上手く分離してればいいんですが」

高橋は敷地の隅を調べながら言った。

勇太はそばに行って懐中電灯で高橋の手元を照らした。

「スタンドの跡らしいところはあるけど、スタンドなんて影も形もないぜ」

「ここがタンクローリーからのガソリンの投入口です。しっかり閉まってます。ひょっとすると海水は入ってないかもしれません。スタンドだけを流したのでしょう」

高橋はバールとレンチを使って慣れた様子で蓋を外した。その穴に顔を近づけて臭いをかいでいる。

「こっちがガソリン。レギュラーとハイオクです。もう一つが灯油です」

「車が動いてストーブが使える。当たり前だと思ってた。これで年寄りは大喜びだ」

「俺だって大喜びだよ」

加藤が心底嬉しそうな声を出した。太っているくせに寒さには特別弱いのだ。

「音を立てないで。警察に見つかれば逮捕です。犯罪なんですから」

「しかし、これじゃ空き巣が多いはずだ。真っ暗で何も見えないぜ」

加藤が立ち上がって周囲を見ている。

勇太たちはポンプの汲水《きゅうすい》側を地下に入れて駆動させた。静かだが、静寂の中にモーター音が響いた。

高橋はくみ上げたガソリンと灯油に海水が混ざっていないか調べた。

「大丈夫です。こぼさないように気をつけてください」

三十分ほどかけて車とガソリンタンクに入れ終わった。灯油のポリタンクも五缶が満タンになった。

「しっかり蓋をしておきました。雨が降っても水が入らないように。しばらく、ここは黙っていましょう。ここにガソリンと灯油があることが分かれば、車が押し寄せて大変なことになるし、すぐになくなります」

勇太たちは頷いた。

避難所に戻り、辰夫に灯油タンクを届けた。

「どこにあったんだ。まさか――」

「瓦礫の中から見つけてきたんだ。苦労したんだ。いらなきゃ、他に持っていく」

加藤が辰夫の言葉をさえぎって、強い口調で言った。

「いらないなんて言ってない。助かる。本当に助かる」

辰夫は、助かる、を繰り返し、灯油を体育館に持っていくように指示した。

勇太たちは体育館に戻った。

「ここの奴らはいちいちカッコウを付けすぎる。手を汚さずに楽しましょ、なんてのは虫が良すぎるんだ」

勇太は加藤の言葉を聞きながら、たしかにその通りだと思った。

広い体育館にストーブが三台。それでも、体育館中がわずかに暖かく感じられた。みんなその周りに集まった。青い炎を見ているだけで、不安がやわらいでいくような気がする。

携帯電話のワンセグでテレビニュースを見ていた加藤が顔を上げた。

「福島じゃ、大変らしいぜ。原発の爆発がまだ続いている」

「地震、津波、それに原発か。まさに三重苦だな。このままじゃ、日本は本気でヤバイぜ」

福島第一原子力発電所の事故で一号機、三号機の建屋が爆発した。四号機でも火災が起きて、建屋に損傷を受けている。その結果、放射性物質が大気中に放出されて大騒ぎになっている。政府は二十キロ圏内の住人には避難指示、二十キロから三十キロ圏内の住人には屋内退避の指示を出している。

「ここまでは飛んでこないわよね。放射能」

「大丈夫だろ。かなり離れてるんだから。しかしここ数日、ニュースは原発ばかりだぜ。地震と津波はどこに行ったんだ」

「俺も福島に行くべきだったかな」

加藤が携帯電話の画面を見つめたまま、呟くように言った。

その夜、勇太は眠れなかった。

高橋の向こうからは、相変わらず遠慮のない加藤のいびきが聞こえてくる。しかし、加藤の子供時代の話を思い出すと、そのいびきも心なしか優しく聞こえ、さほど気にならない。

「今夜は練習しないの、トランペット。毎晩、必ずやるんでしょ」

闇の中から細い声がした。

「知ってたのか」

「おばさんに聞いたし、昨夜もトランペットを持って車から出てったでしょ。音はしなかったけど」

「お袋から？」

「あの子なりに頑張ってんだって。中学のときからずっとなんでしょ。すごいね。私なんか、そんなに続いたモノなんてない」

「続けても実を結ばなきゃ、やらないのと同じことだ」

「そんなに努力すれば絶対に上手くいくわよ」

「俺だってそう信じてたよ。ガキのころはな。死ぬほど頑張って、いつか世界中の人の前で吹くんだって。でも、努力だけじゃムリな世界だってことが最近、やっと分かってきた」

「そんなことないって」

「そんなことのほうが多いんだ。そろそろ自覚しなきゃならない歳《とし》だ」

言ってから、言葉の重みが全身に広がってくる。

清美の声が途切れている。清美もそれが分からない歳ではないはずだ。

眼を閉じて眠ろうと努めた。そう思えば思うほど意識ははっきりしてくる。

トイレに行くふりをして、体育館を出た。

腕にはトランペットのケースを抱えている。数時間前、加藤の話を聞いた椅子に腰を下ろした。

ドラム缶の中の火は消えかかっていて熱はほとんど伝わってこない。

隣の椅子に置いた懐中電灯の丸い光の中に、校庭の隅に積まれた瓦礫が浮かび上がっている。

その周りには闇が広がっている。音も形も色もない世界。懐中電灯を消すと、漆黒の闇だ。こんな世界があるんだ、と思った。宇宙の始まりなんて、こんなものだったのかもしれない。この闇の中からなら、なんでも生み出すことができるような気がした。

横に置いたトランペットのケースを抱えた。

手探りでトランペットを出し、マウスピースを付けた。

マウスピースに口をあて、思いっきり息を吐く真似《まね》をした。

背後の学校には百人近い人たちが眠っている。辛《つら》いことや悲しいことや苦しいことを忘れるただ一つの方法だ。

しばらくトランペットを口にあてたまま闇を見つめていた。

いつかこの闇に向かって、思い切り音を出せればいい。その音は闇を裂いて、無音の世界に吸い込まれていく。それは俺の音だ。宇宙に響く俺だけの音だ。

勇太はトランペットをケースにしまい、体育館に戻っていった。

第六章　三月十六日

1

烈《はげ》しい物音で眼《め》が覚めた。体育館の床を踏み鳴らし、壁に何かがあたる音。外はまだ暗く、腕時計を見ると六時前だった。

上半身を起こすと、うすい光の中に体育館の隅に数人の男が集まっているのが見えた。低いが怒気を含んだ声、なだめる声が聞こえてくるが、内容ははっきりしない。

「おっさんどうしの喧嘩《けんか》だ。トイレに行くとき、足を踏んだ、足がはみ出てたっていう下らない喧嘩。ここには子供も年寄りもいるっていうのに」

加藤が毛布を頭から被《かぶ》りながら言った。彼は前から眼覚めて聞いていたようだ。

喧嘩は間もなく収まったらしく、静かになった。

「みんな不自由な生活に気持ちが荒《すさ》んできてるんです。我慢もそろそろ限界なんでしょう」

「家族や家をなくした上に、飯も満足に食えなくて、便所にも自由に行けないんだ。夜は寒いしよ。おかしくもなるよ」

高橋と加藤の低い声が聞こえた。

勇太もそう思った。勇太たちがこの避難所に来て三日目だが、すでに二人の年寄りが死んでいった。一人は心筋梗塞《しんきんこうそく》。一人は脳溢血《のういっけつ》だ。病名は違っても、避難所暮らしが引き金になったのは同じだ。体力が衰えている上に疲労が溜《た》まり、おまけに心労まで重なっている。避難している人たちの神経が弱っていくのは眼に見えて分かった。このままではもっと多くの犠牲者が出るのは間違いない。

「俺だって――温かい豚まん食べて――ビール飲んで――、熱い風呂に入って、柔らかい布団で寝たいよ」

声が聞こえて数分後には、再び加藤のいびきが聞こえている。

勇太は眼を閉じたが寝つけなかった。高橋も同じらしく、時折り寝返りを打つ気配が伝わってくる。

三十分もたたない間に窓から光がさし始めた。

高橋が起き上がる気配がする。そっと立ち上がり、足音をしのばせて体育館の出入り口のほうに歩いていく。

勇太は高橋のあとを追った。

体育館を出ると、冷気が全身を包んだ。身体《からだ》中の血管が縮んで震えが全身を貫く。

勇太も高橋を追ってトイレに駆け込んだ。

さすがにこの時間は高橋と勇太の二人きりだった。勇太はできるだけ避難所のトイレは使わないようにしている。臭気にも汚さにも耐えられないのが本音だった。阪神・淡路大震災でも同じようなトイレは経験しているはずだが、完全に忘れていた。

こっちに来てから、どうにも我慢できずに使ったときは、人間どんな状況でも出るものは出るんだと驚いた。

「早いですね。あれから眠れなかったんですか」

「あんたも寝返りばかり打ってた」

こんなに朝早くから、何を考えてるんだと聞こうとしてやめた。ここでは考えてもできることは限られている。

「手伝ってくれませんか」

トイレから配給所に歩きながら高橋が言った。

「俺なんて何もできないぜ」

「車を出してほしいんです」

いちばんに食事をして、勇太と高橋は前に行った工場跡地に向かった。

辺りには鉄屑《てつくず》が散乱している。勇太の胴体ほどもある鉄骨入りのコンクリートの柱が瓦礫《がれき》の中に突き刺さっている。改めて津波の威力に眼を見はった。

高橋は瓦礫の間を歩き回っていたが、泥の中に埋もれている鉄パイプを探して並べ始めた。勇太も高橋にならって鉄パイプを掘り出した。

三十分余りで、二人の前には二十本近くのさまざまな長さの鉄パイプが並んでいた。

高橋が工場の中から針金の束とペンチなどの工具を探し出してきた。

「鉄屑屋でも始めるか。しかし無断で持ってきたのがバレるとまずいぜ」

帰りのバンの中で勇太は聞いた。

「ブルーシートはまだありましたね」

「十枚程度はもしものときに取ってある」

「風呂を作ります。風呂にでも入れれば気分も違ってくるって、勇太さんが言ってたでしょう。それに、周りの臭いが強烈すぎて感じないけど、みんなかなり汚れてるはずです」

「そういえば、もう五日入ってないものな」

勇太は手の甲の臭いをかいだが、玉ねぎの臭いがした。昨夜のバーベキューの名残りだ。

「風呂って、自衛隊が作ってくれるんじゃないのか。テレビでよくやってる仮設風呂」

「先の話でしょう。今は遺体探しにフルタイム使って頑張ってくれてます。そんな余裕はありません。それに、この避難所に作るわけじゃないでしょう。もっと大きな避難所です」

「風呂作りなんてどうすりゃいいんだ」

「鉄骨で外枠を作って、その中に大きめのブルーシートを置きます。それに湯を入れれば風呂のできあがりです」

「でも湯はどうするんだ。どこから運ぶ」

「消防車を借りればいいです。修理したとき、いちばん小さいのを動くようにしておきました。川から水を取ってきて、大鍋をドラム缶に置いて沸かします。燃料なら山ほどあります」

高橋は辺りを見回した。瓦礫の多くは木材の破片だ。

「時間がかかるぜ。風呂いっぱいの湯を沸かすのは」

「最初に風呂に半分ばかり水を入れておいて、その中に沸かした湯をどんどん入れます。そうすれば、冷える前にちょうどいい温度になります」

「消防車は貸してくれるかな。役所の人間の頭はガチガチだから。風呂の湯のためだなんて言うと――」

「困ったときはいつでも言ってくれって言われてます。それに、動かないのを見てほしいと連絡が来ています。修理と引き換えに一台借りてきます」

避難所に戻ると、加藤が飛び出してきた。

「俺を置いてどこに行ってたんだ。お前ら、何か企《たくら》んでるんじゃないだろうな」

「寝てたから声をかけなかっただけだ」

勇太は加藤に風呂作りのことを話した。

「よし、それやろう。風呂ってのは最高。頑張りがいがあるぜ」

加藤が両手を上げて大声で叫んだ。周りの者たちが何ごとかと見ている。

高橋の指示で、校庭の隅に鉄パイプで枠組みを作った。枠組みにブルーシートをかければ風呂のできあがりだ。高橋はこういうことに慣れているらしく、的確に指示を出していく。

さらに風呂の周りに二メートルほどの鉄パイプを立てて、目隠しとしてブルーシートで囲った。

加藤たちが大鍋で湯を沸かすためのかまどを作っている間に、勇太は高橋を消防署に連れていった。

清美の兄の弘樹に話すと、副署長と掛け合って小型ポンプ車を運転手つきで貸してくれた。高橋の修理の腕は消防署でもかなり感謝されているのだ。

調理室にあった三つの大鍋に消防車で運んできた川の水を入れて沸かした。

「どんどん沸かせ。今日は風呂に入れるぞ。あったかい風呂だぞ」

加藤がかまどに廃材を入れながら大声を出している。

湯が沸くと、数人で大鍋を担ぎあげてブルーシートのバスタブに入れた。

温度が四十度になったところで入浴が始まった。

入る順番は鈴木校長が決めた。

まず、女性。次に男性の順番にした。

「五、六人ずつ一組十五分。時間厳守だ。まず七十歳以上のお年寄り。その後は、じゃんけんで順番を決める。文句はなしだ。五組入れば湯を入れ替える。これは衛生上の問題からだ」

加藤はてきぱきと指示を出した。全員が問題もなく加藤の指示に従っている。こういう仕事は彼に向いているようだ。

「夕方までには、全員が入ることができる。あとは風邪をひかないようにってことだ。風呂の中で垢《あか》を落とすなよ。こすったらダメ。タオルを湯につけるのもダメ。温まるだけだぞ。なんせ、百人近い人が入るんだ」

加藤が大声で注意して回っている。

昼をすぎるころには半数の者が入浴した。

「風呂ってあんなに気持ちのいいものだったかな。もう長い間、シャワーしか浴びたことがなかったよ。東京に戻ったら、ちゃんと風呂に入ることにするよ」

加藤がしみじみとした口調で言った。

「ところで、あの高橋という男は何なんだよ。パワーショベルの運転はできるし、消防車も直せる。おまけに風呂まで作ることができる」

加藤が勇太の側《そば》にやってきて小声で言った。

「磯ノ倉まで連れてってくれ、と町内会長に頼まれたんだ。悪い奴じゃないのは、あんたにだって分かるだろ」

「だったら、あれは何なんだ。絶対に警察を避けてるぞ。それに、写真を撮られるの嫌がってるだろ」

高速道路で警官に止められたときのことを言っているのだ。彼だけがずっと警官と眼を合わせることなく他の方向を見ていた。それに加藤がカメラを向けると、それとなく顔を隠す位置に身体を向ける。やはり加藤も気づいていたのだ。

「あいつは、それとなくフレームから外れるか、後ろを向くんだ。あれは絶対に写真を撮られたくない、写真から何かがばれるのを恐れてるって感じだな」

「気の回しすぎじゃないか。写真を撮られたくない奴って俺の友達にもけっこういるぜ。いつ、どんな形で使われるか分からないものな。どうってことない奴らなんだけど。社会がそういう風潮なんだよ。でも俺だって、あんたには撮られたくないよ」

勇太は無意識の内に高橋をかばうような言い方をしていた。

「逃げてるんだ警察から。ひょっとして、指名手配されてるんじゃないのか。詐欺ってイメージじゃないから、殺人か強盗で」

勇太は考え込んだ。勇太の頭にも何度かかすめたことなのだ。たしかに、おかしなことが多すぎる。車の免許証は持ってないと言ったが、パワーショベルを運転したし、車にもかなり詳しい。運転できるのは明らかだ。

「だったら、わざわざこんなとこに来ないだろ。マスコミはウヨウヨいるし、全国から警察官が応援に来てるんだ。入り込んだらドン詰まりだ」

「まあそうだけど、ここらは寂しいもんだぜ。半分見捨てられた避難所だ。支援物資さえ満足に届いていない。俺たちが頼りにされてるくらいだから」

「高橋さんもだ。俺ら以上に」

無意識のうちにさん付けで呼んでいた。

「まあ、そうだけどよ。一度、警察に行って聞いてみる必要があるぜ。手遅れにならないうちに」

「何て聞くんだ。あんたの言葉が当たってたら、名前だって偽名だろ」

「この男の身元を調べてくれないか」

そう言って、加藤はポケットから二枚の写真を出した。そしてビニール袋に入った花の写真。加藤が、高橋に名前を聞いていた花だ。

「花の写真には彼の指紋が付いてる。顔写真もよく撮れてるだろ。正面と横顔だ」

「いつ撮ったんだ」

「瓦礫の探索中。三〇〇ミリの望遠レンズでパチリ」

勇太はどうしていいか分からなかった。

差し出された二枚の写真とビニール袋を何も言わず受け取った。

「早くしてくれよな。手遅れになったら、お前の責任だからな」

「何で俺なんだよ」

「俺たちのリーダーはあんただろ」

そう言うと、加藤は勇太の肩をぽんと叩《たた》いてどこかに行ってしまった。

勇太は渡された写真をしばらく見ていた。誠実そうな、それでいて何かを隠しているような、どことなく暗い感じで秘密めいた、要するに複雑な表情をしている。

「あの、高橋って人、やっぱりおかしいと思わないか」

勇太は運動場の隅で子供たちの相手をしていた清美に聞いた。

清美は怪訝《けげん》そうな顔をしている。

勇太は加藤が言っていたことを話した。

「だったら、加藤さんのほうがよほどおかしいわ。ずうずうしくて、無責任で、あんなに勝手な人もいないわよ」

「そういう意味じゃないんだ。加藤の言うように、なんだか秘密を隠しているようで、警察を避けてるって感じしないか」

清美は答えない。やはりそう思っているのだ。

「あれだけ車について詳しくて、免許証を持ってないっていうのもヘンだし。パワーショベルを運転できる日本人なんて、そんなにいないぜ。俺の知り合いじゃゼロだ。自動車免許を持ってなくて、パワーショベルの免許を持ってる奴はもっと少ない」

「だったら、コソコソしないで本人に聞いてみたら。連れてってくれって頼まれたのは勇ちゃんでしょ」

「そりゃ、そうだけど。磯ノ倉町までって頼まれてるんだ。近くの町に家族がいるらしい。行こうと思えばいつだって行ける」

「送ってったら。本人からは言い出しにくいんじゃないの。何か起こってからじゃ、手遅れよ。勇ちゃんの責任になるわよ」

清美は勇太を睨《にら》みつけるように見ながらそう言うと、子供たちのほうへ戻っていった。

高橋は校庭の隅のベンチに座って海のほうを眺めていた。

横にはポチが座っている。いつの間にか高橋にすっかりなついている。

勇太はその隣に座った。

「こっちに着いて、もう四日目だ。あんた、どこに行きたいんだ。俺にできることは何でもするぜ」

「有り難うございます。感謝しています」

「で、これからどうするんだ。行きたいところがあれば連れていくぜ」

高橋は長い時間考え込んでいた。そして、勇太が口を開きかけたときに話し始めた。

「じゃあ、お言葉に甘えて隣町まで送ってくれませんか」

「任せろ。今日の夕方にでも行くか」

再び長い時間考え込んでいる。

「今度ってことにしてください」

「しかし、肉親がそこにいるんじゃないのか。急いだほうが――」

勇太の言葉が終わらないうちに、高橋は頭を下げて行ってしまった。

その後をポチが追っていく。

2

午後二時をすぎたころ、勇太たちは支援物資を受け取るために避難所を出た。

鈴木校長の遠慮がちな頼みを、加藤が調子よく引き受けていたのだ。

この避難所には高齢者と女性と子供が多い。海近くの海産物加工工場に勤めていた者も多く、家族で行方不明の者も多い。大型のバンを持っている者はいなくて、乗用車もほとんどガス欠状態だった。

「俺たちにそんな時間はないぞ。俺は清美の家族を探すためにここまで来たんだ」

「支援物資を届けるのも目的だろ。神戸からのだけじゃなくて。そのためのガソリンだ」

「やめてよ、私のことでケンカするのは。両方やればいいじゃない。早く片づけましょ」

勇太と加藤が言い合っていたが、清美の言葉で直ちに出発したのだ。

清美の案内でバンを進めた。清美は助手席で懸命に辺りを見ている。残っているわずかな建物で方向を指示するのだ。

瓦礫の原ではカーナビはほとんど役に立たない。目印となる建物が消えていたり、あるべき建物が数十メートル移動していたり、何より道路であるところが瓦礫で埋もれていたりする。

磯ノ倉町に着くまでは熱心に地図を見ながら道を探していた高橋も、ぼんやりと変わり果てた風景を見ているだけだ。

「集中して走れよ。スペアタイヤはないんだからな」

加藤の言葉を聞き流しながら勇太は慎重にバンを進めた。

瓦礫の取り除かれた比較的広い道路に出た。勇太は徐々にアクセルを踏み込んだ。

「あれ、大洋《たいよう》高校よ」

清美の指すほうを見ると、廃墟《はいきょ》のような建物が見える。

二階建ての校舎だが、完全に津波に呑《の》まれて窓ガラスは窓枠ごとない。窓からはカーテンや衣服が垂れ下がり、机や椅子が窓に引っかかっている。

「まるでお化け屋敷だ。こんなんじゃ――」

そのとき、バンが大きくバウンドした。勇太は慌ててハンドルにしがみついた。ハンドルが強い力で引かれたのだ。

「余震だ。かなり強いぞ」

勇太は反射的にブレーキを踏んだ。後部座席から転げ落ちる音がする。

バンが止まってからも揺れは続いている。助手席の清美はシートベルトを両手でつかみ眼を閉じている。

「何だ、あいつらは」

加藤の声で視線を追うと、校舎の前に二人の女子学生が座り込んでいる。

加藤がバンから転げるように飛び出して、校舎に向かって走っていく。

揺れは数分で引いていった。

勇太もバンを降りて加藤のあとを追った。

「二人は逃げ出してきたが、中にまだ二人いるらしい」

加藤が校舎の中をうかがいながら言った。

「その逃げ遅れた奴は、校舎のどこにいる」

「音楽室横の準備室。二階の奥の部屋です。階段を上がって、突き当たりが音楽室」

おかっぱ頭の女子学生が切れ切れに言った。

勇太は校舎に入っていった。

入り口のホールには勇太の知っている学校にあるものは何もなかった。床にはヘドロが溜まり、悪臭と共にまだぬかるんでいるところもある。

階段はホールの端にあった。

勇太は階段を上がり二階の音楽室に進んだ。

そのあとを加藤がカメラを構えてついてくる。

廊下もホールと同じで、床はまだ乾ききっていないヘドロに覆われている。両側の教室の窓ガラスはすべて消え、机や椅子もほとんど残っていない。津波がこの校舎を突き抜けて流し去ったのだ。

勇太は音楽準備室に飛び込んだ。

部屋の片隅に学生服姿の小柄な男子学生がうずくまっている。横にはやはり制服姿の大柄な女子学生が立っていた。

二人の学生が同時に勇太に眼を向けた。

「お前ら、無事か」

二人の学生は何事かという顔で勇太を見ている。

「怪我《けが》はないかと聞いてるんだ。今、かなりでかい余震があっただろ」

「山下《やました》君が立てなくなっちゃって。でも、怪我はないです」

大柄な女子学生が言った。

そのとき、加藤と清美、高橋、そして二人の女子学生が入ってきた。

中谷《なかたに》という大柄な女子学生の説明によると、烈しい余震で山下という男子学生が腰を抜かした、二人の女子学生は逃げ出したが、中谷だけが残ったということらしい。

「しかしお前ら、ここで何してたんだ」

勇太が怒鳴ると、山下がよろめきながら立ち上がった。山下は三人の女子学生より小柄で、中谷の肩ほどしかない。

「ここはお前らの高校か」

「はい、僕たちは宮城県立――」

山下が頷《うなず》いて言いかけたが、三人の女子学生に睨まれて黙ってしまった。

「何しに来たんだ。ここには何もないだろ。あるのは――」

勇太は言いかけた言葉を呑み込んだ。津波が襲ったということは、この学生たちもとんでもない経験をしていることは間違いないのだ。

勇太の脳裡《のうり》にゲームセンター跡でゲーム機を壊して百円玉を集めていた中学生たちが浮かんだ。

「こんなところにいると、コソ泥と間違われるぞ」

勇太の代わりに加藤が言った。

「ここは僕らの部室だったんです」

「何部だ」

「吹奏楽部です」

山下がか細い声で答えた。

勇太も中学、高校時代に入り浸っていた。教室よりはるかに馴染《なじ》んだ場所だった。どこの学校にも同じような者はいるはずだ。

部室には楽器や楽譜、楽譜スタンドが乱雑に置かれていた。しかし、ここには何もない。

「みんな吹奏楽部か」

「僕はトランペットです。横田《よこた》さんがトロンボーンで、山根《やまね》さんがフルート。中谷さんはパーカッションです」

そう言って、左右に立っている女子学生を指した。

しゃべるのは男子生徒で女子生徒はあまり話してはいない。ただ胡散臭《うさんくさ》そうに勇太たちを見ているだけだ。

トランペット、目立ちたがりのおっちょこちょい。単純明快で陽気なお笑い系が多いと言われている。自分だけは違っていると言い張っていたが、最近は何となくそうかもしれないと思い始めている。

トロンボーンは明るいがじつは繊細、高校のときの部長がそうだった。フルートは要領がよくてわがままな気取り屋。パーカッションは一筋縄ではいかない変わり者だ。

「ここで何やってたんだ」

「楽器を探しに来たんです。一つくらい残ってないかと思って。放課後練習があるんで、みんな楽器を部室に置いてたんです。だから津波に流されて。家も流されてて、親もそれどころじゃないし。高いから、もうムリは言えないし。親が亡くなった部員もいるし」

途中で涙ぐんで、言葉もバラバラで意味がよく分からなくなった。

そのとき、加藤が覗《のぞ》いていたカメラを眼から離した。

「ブラスバンドってのは太鼓もあったよな」

「太鼓っていうと、スネアドラムとバスドラムかな」

「俺は昔、ああいうのやりたくてな。ドーンと腹に響く音、迫力あるよな。カッコいいよなあ」

「なぜやらなかったんですか。音楽は楽しいですよ」

「人にはいろいろ事情があるんだよ」

「いずれにしても、この学校のものはあらかた流されてしまった。きみらの楽器も今ごろ瓦礫の中か海の底だ」

勇太は言ってから少し厳しすぎたかと思ったが、これが現実だと自分に言い聞かせた。

「早く帰りな。また余震が来たらどうする。こんなところにいてもロクなことないぞ」

「そういう言い方はやめてください」

今まで黙っていた山根が強い口調で言った。興奮のためか、声が震えている。

「この学校で、二十八人が亡くなりました。先生三人と生徒二十五人です。先生二人と生徒八人の遺体がまだ見つかってません。私たちの部の部員も三人が死にました」

山根たちの視線を追うと、部屋の隅に花束とジュースとポテトチップの袋が置かれている。彼らが持ってきたのだろう。

「ゴメン。あんたたち弔いに来たのか。邪魔したな。でも、やっぱり早く帰れよ。また余震が起こるぞ」

「そうよ。家の人だって心配してる」

「山下君の両親、亡くなりました。今、親戚と避難所にいます。彼が部室に花を持って行こうって」

山根が言った。彼女はフルートだ。

清美は一瞬息を呑んで眼をふせた。勇太も何と言っていいか分からなかった。加藤もカメラを握った手を下げたまま、落ち着かない視線を辺りに向けるばかりだ。

「スネアドラムにバスドラムか。片仮名のほうがカッコいいよな」

しばらくして加藤が口を開いた。

「山岡《やまおか》君もやってましたが、彼も津波に呑まれて、まだ発見されてません」

ちょっと待ってくれ、と加藤は考え込んでいる。

そして、準備室を飛び出していった。

勇太たちと四人の高校生は加藤のあとを追って一階に下りた。

加藤は学校の正門から校舎に向かって作られた道の両側に積まれた瓦礫の山を這《は》い上

がっていく。

しばらく瓦礫をひっくり返していたが、円筒形のものを引き出して勇太たちに向かって高くあげた。ヘッドは破れてはいるがバスドラムだ。

次に、黒い塊のようなものを掲げて振った。

「フルートのケースだ」

四人の学生は瓦礫の中を加藤のほうに駆けあがっていった。

「見たことのある変なのがあると思ってたんだ。それが太鼓、じゃなくてドラムだったんだ」

加藤は、バスドラムを見つめながら言った。

「教室から流された楽器がどこかに集まってたんだ。それが道を作るために瓦礫と一緒に脇に寄せられた」

机や椅子、板クズに混じって楽器ケースが瓦礫の中に埋まっている。みんなで懸命に集めた。

三十分ほどで十二個の楽器ケースが見つかり、道の上に並べられた。

「もう使えないだろうな」

山下が見つけたトランペットケースは泥だらけで、角がふやけたように変形している。

「開けてみろよ」

「怖いよ」

山下はケースを見つめたまま低い声で言った。勇太には彼の気持ちがよく分かった。自分でも躊躇《ちゅうちょ》するだろう。

山根が山下からひったくるようにしてケースを取ると、地面に膝をつき、改まった表情でケースを開けた。

覗き込んでいた全員が顔をそむけた。強烈な臭いが広がったのだ。中にはまだヘドロ混じりの海水が溜まっていた。その中でトランペットは誰かが見つけてくれるのを待っていたのだ。

一度は顔をそむけた山下がケースを傾けて泥水を出すと、慎重にトランペットを取りだした。

「あとにしろ。まだあるかもしれない」

勇太が言ったとき、高橋がフルートのケースを持って瓦礫の山から下りてきた。

「あっちに楽器のケースがかたまってあります。楽器が入っていたロッカーが流れてきて、塀にぶつかって壊れたんでしょう。そして楽器ケースがばらまかれた」

高校生たちは一斉に瓦礫の山を登り始めた。

十分後には、並べた楽器ケースは十七個になった。すべてが泥だらけで、悪臭を発していた。とても口を付けて吹く気にはなれないものだ。美しい音色を出す楽器だとは信じられなかった。

「奇跡的だな。海に持ってかれなかったんだから」

「神様が守ってくれたんだ。吹いてみろよ」

「やめなさい。病気になるわよ」

山下がトランペットを手に取った。マウスピースを取り外して強く振って水を切り、ズボンでていねいにふいた。山根がハンカチを出すと、マウスピースをもう一度ふいた。マウスピースを付け、吹き始めた。マウスピースが壊れているのか、音になっていない。ピストンも何かに引っかかって途中で止まってしまう。

「後で調整しろ。それより楽器はいくつあったんだ、津波の前は」

「全部合わせて五十以上あったはずです。部員が五十名以上いましたから」

勇太と高校生たちは、改めて周囲を探し始めた。

さらに一時間ほどかかって、三本の楽器を集めることができた。全部で二十本の楽器が発見できたのだ。

「どうする」

加藤が泥の塊のような楽器ケースの山を前に勇太に視線を向けた。

「まず泥を落として磨くしかないな。しかし、ひどいな。一週間近くも塩水に浸《つ》かってたんだ、仕方がないか。さびは分解して磨けば、多少落ちるだろ」

「僕たちの避難所に運んでください。楽器の一部が見つかったって、他の部員にも連絡します。そして必ず使えるようにします」

「そうだよな。他に持っていくところもないんだから」

加藤は学生たちを使って楽器をバンに積み込んだ。

学生たちを荷台に乗せて、山下が滞在している避難所まで運んだ。その避難所は学校と勇太たちのいる避難所とちょうど正三角形のような位置にある。

「なんですか、それは」

バンから楽器を下ろしていると、避難所の運営責任者だという男がやってきた。

「学校跡から見つけ出してきたんですよ。大洋高校は吹奏楽部が有名で全国大会にも出たことがあるんでしょ」

「ここで楽器を演奏されちゃ困ります。避難してきた人たちにはいろんな人がいますが、精神的に参っていることは全員に共通しています。いくら音楽でも、受けつける人と、受けつけない人がいるんです」

勇太に反論はできなかった。たしかにその通りだ。神戸でもジャズをやるときにいちばん気を使うのは練習場所の確保だ。スタジオ以外では大きな音は出せない。中学、高校時代、それでどれだけ喧嘩をしたか。音というのはたとえ音楽であっても、聞く者にとって受け入れ方の個人差がはげしいのだ。

「分かりました。体育館の中では絶対に音を出さないようにします。しかし、生徒に保管だけはさせてください」

勇太は男に頭を下げた。

「赤ちゃんの泣き声にもお母さんは気を使っているんです。氷点下の外であやしているお母さんもいたんです」

「学生たちに厳しく言って聞かせますから」

男は初めは禁止一筋で、絶対にダメだと言っていたが、最後には折れた。

「ただし一人でも違反したら、避難所への楽器の持ち込みは禁止します。私だってきついことは言いたくない。でも、本当にいろんな人がいるんです」

勇太は学生たちに運営責任者の話を繰り返して、練習は個人、集団にかかわらず必ず外でやることを約束させた。

3

内陸の町に出ると、違った国に迷い込んだ気分になった。

数は少ないが、行き交う車に町を歩く人々。ごく普通の日常があった。笑い声さえ聞こえてきそうだ。店もいつもどおり開いて営業している。

傾いた家や屋根にブルーシートをかけた家はいくつか見かけたが、それにすら違和感を覚えた。

「なんだか騙《だま》されてたみたいだ。あっちの世界からこっちへ戻ってきた。津波の町からトンネルを抜けると、そこは日本の普通の町だったってわけだ」

加藤が普段なら見向きもしないような普通の風景にカメラを向けながら言った。

中央通りの端にある小学校に行った。

古い建物は地震でかなりの被害を受けたと聞いていたが、中は人で溢《あふ》れていた。やはり地震の関係で訪れる市民が多いのだ。

勇太と清美は人の間をぬうようにして受付に並んだ。

「磯ノ倉町の鹿隅小学校避難所ですが、支援物資を受け取りに来ました」

「支援物資については隣の臨時町役場で聞いてくれ」

「そんなのできてるんですか」

「海岸沿いの市町村はほとんどが津波で全滅だからね。あの辺りの役場も全部流された。それで一時こっちに移してるんだ」

受付の初老の男が言った。名札には「相談係　富山《とみやま》」とある。

富山は機械的にメモ用紙に地図を描くと、はい次、と勇太の背後に視線を向けている。

二人はカウンターを離れた。

「なんだか横柄な相談係だな」

「役場は人手が足らないので、定年退職した元職員を入れて住民に対応しているんだって。あの人もボランティアよ」

「しかし、役場の元職員だろ。もっと被災者をいたわれよ」

勇太は文句を言いながらも、その元職員に教えられた裏の駐車場に回った。

数棟のプレハブが建ち、その一つに磯ノ倉町臨時役場の看板がかかっている。たしかに臨時の役場ができているのだ。駐車場の反対側に眼を移すと、大型テントの下に支援物資が山積みになっている。周りでは職員とボランティアらしい若者が仕分けをしているが、とてもさばき切れそうにはない。

「なんだか夢みたいね」

「これで食うにも困って震えてる避難所があるんだからな」

四人は磯ノ倉町臨時役場のプレハブに入った。

清美が入り口に立ち止まって奥を見ている。

勇太が早く行くように肩を押したが動こうとしない。

清美の視線を追うと、デスクに座って受話器を片手に持ち、若い職員に指示を出している髭面《ひげづら》の男がいた。

「清美、どうしたんだ」

勇太が聞いても答えない。

男が立ち上がった。そして、やはり清美を見ている。

「パパ――」

清美が短く叫んで男のほうに駆け寄っていく。

部屋中の人が手を止めて二人のほうを見ている。

「パパはねえだろ。いくつなんだよ」

勇太は呟《つぶや》いたが、抱き合った二人を見ていると熱いものがこみ上げてくる。涙をこらえるのがやっとだった。


「無事だったら、なぜ連絡してくれなかったの。すごく心配したのよ。だからここまで来たんだから」

清美の父、秋山夏彦はポケットから携帯電話を出した。輪ゴムをかけているが、外すと二つ折りの携帯電話の真ん中が離れて、ぶらぶらしている。

「壊れたんだ。それに水に浸かったからな。なんとかならないかと思ったが、なんともならんだろうね。でも、捨てがたくてね。家族の情報が入ってる。今度からもっと丈夫で防水付きのにするよ」

「誕生日にプレゼントしてあげる。でも、それまで待てないわね」

「あれから一度家に行ってみたが、家がどこにあったのかさえ分からなかった。すべて流されてた。電話番号なんてまったく覚えてないしな。今度のことで、デジタル文明がいかに脆《もろ》いかってことがよく分かった」

「ママは――」

「ママの行方はまだ分からないんだ。避難所の情報は取り寄せてるんだが、充分な時間がなくて手が回らない。弘樹には会ったか」

「消防署で会った。お兄ちゃん、磯ノ倉町の消防団に入ってたでしょ。やっぱり忙しくって、自分のことは何もできないって。パパと同じこと言ってた」

「昨日、やっと電話が普通に通じるようになったらしいが、まだ話してない。あいつの電話番号が分からない。回ってきた書類で無事だと知ったんだ。磯ノ倉町の消防団のことが載ってて、その中に弘樹の話も載ってた。パパも大丈夫だって書類は回しておいたが、見たかどうか」

「今、パパはどこで寝てるの」

「ここに泊まり込んでる。家がなくなって、他に行くところもないしな。他の職員もほとんどが同じだ。三分の二の職員の家が津波に流された」

「その人たちの家族は？」

「避難所にいる人もいるし、行方不明のままの人もいる。すでに死亡が確認されてる人も半数以上いる。両親と自分の家族四人が全員、行方不明の者もいる。しかし、生き残った者全員が歯を食いしばって頑張ってる。一人だけ悲しい顔はしておれんよ」

秋山は声を低くして言って、プレハブの中を見回した。

全員があわただしく働いている。個人的な感情を表わしている者は一人もいない。

「分かった。私は帰る」

「神戸へか」

「まさか。今日は避難所に戻る。明日から、パパとお兄ちゃんの代わりにママを探す」

清美はきっぱりとした口調で言い切った。

秋山は何も言わず清美を抱きしめた。

加藤がカメラを構えるのも忘れて二人の姿を見つめている。その後ろに高橋が無言で立っていた。

勇太は加藤がカメラを出したら、取り上げて窓から放り出してやろうと身構えていたのだ。

「とにかくパパのいちばんの支えはお前だったんだ。何があっても、お前だけは大丈夫だと分かってた。だから、今まで頑張れた。ママも弘樹も同じ気持ちだと思う。本当に有り難う」

秋山は清美を見つめている。

やがて、秋山が勇太のほうにやってきた。

「きみが辻元勇太君か。清美から話はよく聞いている」

勇太の胸がわずかに弾んだ。清美は勇太のことを家族に話していたんだ。

「感謝します。娘をここまで連れてきてくれて」

秋山は改まった口調で言って、勇太に向かって深々と頭を下げた。

「これからも清美のことをよろしく頼む」

今度は勇太があわてて頭を下げた。しかし、どういう意味だ。


これ以上、仕事のじゃまをしたくないという清美の言葉で臨時町役場を出た。

「頼むよ。ママは必ず生きてる」

町役場を去るとき、秋山は清美に言った。

「もっとゆっくりしてていいんだぜ。俺は支援物資をもらってくるから」

「今は非常時だってパパは言ってた。個人の都合で動くより、みんなのことを考えろって。それに、無事だと分かればそれだけで充分」

清美のこんなに明るい顔を見たのは初めてのような気がする。家族の無事はどんなことにも勝るものなのだ。

「次はお袋さんってことになるけど、手掛かりは郵便局だけだ」

「あの辺りの避難所にはいなかったんだろ。それに、あそこで津波にあったとは限らないし」

「じゃ他にどこに行くと言うんだ」

勇太は郵便局のあった辺りを思い浮かべた。まともに建っている家はなかった。と言うより、三キロほど彼方《かなた》にある海まで一望できた。津波がすべて持っていったのだ。

「やはり避難所を回るしかないですね。しかし、近くは大体回りました。今度は少し足を延ばしてみましょう」

「よし、早いとこ支援物資を運ぼうぜ」

高橋の言葉で、勇太は清美を促してバンのほうに歩き始めた。

4

「おい、ふらついてるぞ」

後部座席から加藤の声がした。

同時に車体が左に寄り、バンのバンパーが瓦礫をかすって鈍い音を立てた。

勇太は慌ててブレーキを踏んだ。後部座席で何かのぶつかる音と共にイテェという加藤の声がする。

ボランティアの助けを借りて、食料、水、簡易カイロ、下着など鈴木校長が作ったリストの物資をバンに積み込み、避難所に帰る途中だった。

「バカ野郎。酔ってるんじゃないだろうな」

加藤がカメラを構えたまま怒鳴った。

「じゃ、お前が運転しろ。安全運転でな。信号機もないぞ」

「俺は写真を撮ってる。そのために来たんだ」

加藤の声と同時にカメラのシャッター音が響き始める。

「勇太さん、すこしボーっとしてました。疲れてるんです。昨夜もガソリンを取りに行ったので遅かったでしょう。それにあまりよく眠れなかったみたいだ。ずいぶん寝返りを打ってました。見かけによらず、神経が細やかなんですね」

高橋が気の毒そうに言った。

「それってどういう意味だよ。たしかに俺はかなり疲れてるよ。事故を起こしそうだ。運転代わってくれるか」

実際、かなり反応が鈍くなっている。神戸を出て以来、無意識のうちに緊張が続いているし、寝不足でもあるのだ。やはり避難所では熟睡できない。

高橋は一瞬躊躇したが、何も言わず勇太に代わって運転席に座った。

ゆっくりとスムーズにバンを発進させる。

「運転、かなりうまいね。パワーショベルが運転できるわけだ」

高橋は黙っている。勇太も次の言葉が出てこない。聞きたいこと、言いたいことは山ほどある。しかし、何を聞いても何を言っても、大した意味がないような気がした。この五日間ほどを一緒に行動したことで、何年分もの交友があったような気がする。この圧倒的な破壊の前では、人間の個人の問題など、どうでもいいと思い始めてきたのだ。

後部座席を見ると、清美も加藤も眠り込んでいる。やはり疲れているのだ。

お互い黙ったままで三十分余り走ったときだった。

瓦礫の先に赤色灯を点《つ》けたパトカーが一台と、数人の警察官が立っている。

バンのスピードが落ちた。

「どこか迂回《うかい》できるところはないか。なんかちょっとヤバイ」

「遅すぎます。かえって変に思われます」

高橋はそのまま車を進めた。

赤色棒を持った警察官が止まるように合図している。

勇太はドアを開けて、警察官に向かって声を上げた。

「何かあったんですか」

「空き巣です。誰もいないはずの家に人影が見えたという通報がありました。住人が避難所に入って留守になった家に入り込んで物色する、という事件が頻発しています。申し訳ないが、免許証を見せていただけませんか」

中年の警察官が窓から覗き込んできた。

ボランティアのふりをして、白昼堂々と空き家の家具を持ちだす大胆な犯行も起きていると聞いている。

勇太は免許証を見せた。

警察官はあんたのはという顔で、高橋を見ている。運転しているのは高橋だ。それに若者の中に中年男が一人というのは、やはり目立つ。

「この人、高橋信二郎《しんじろう》さん。被災者なんです。家も運転免許も健康保険証もすべて流されました。僕は神戸から親戚に支援物資を運んできました。くたくたなんで運転代わってもらいました。避難所に戻る途中です」

高橋は警察官に軽く頭を下げた。

「家も流されました。現在、磯ノ倉の避難所暮らしです」

バックシートから、いつ眼覚めたのか加藤が身体を乗り出して言った。

「後ろに積んでるのは磯ノ倉臨時町役場でもらってきた支援物資です」

清美の声だ。

「協力ありがとうございました。頑張ってください。私の実家も家を流されました」

警察官は勇太に免許証を返して姿勢を正して敬礼すると、離れていった。

高橋はゆっくりと車をスタートさせた。

しばらく無言で車を走らせていた。

「有り難うございました。助かりました」

バックミラーに警察官とパトカーが見えなくなってから口を開いた。

「あんた、いったい何者？　いやなら言わなくてもいいけど。俺たちあんたの味方だぜ」

バックシートから加藤が言った。

「申し訳なく思っています」

高橋は前方を向いたまま頭を下げた。

「車を止めて。やっぱり、あんたは運転しないほうがいいな。また止められると面倒だから」

勇太の言葉に高橋は何も言わずバンを止めた。勇太が運転席に移った。

もう頭ははっきりしている。今のことで眠気はすっ飛んでしまった。

「神戸を出る二日前まで、明石《あかし》の刑務所に入っていました」

勇太はハンドルを握りしめた。背後からも緊張が伝わってくる。なんとなく感じていたことだが、実際に本人の口から聞くとやはり動揺した。

「脱獄、したのか」

加藤の低い声がした。

「仮出所です」

高橋のあきらめたような口調の声だ。

「私は磯ノ倉の隣町で生まれました。高校を卒業して自衛隊に入りました。そこで車の大型免許、ブルドーザーやパワーショベルなどの重機の免許も取りました。阪神・淡路大震災にも派遣されました」

さらに十分ほど走ったとき、高橋が低い声でぼそぼそと話し始めた。

「だから風呂作りがうまかったんだ」

加藤の声だ。

「神戸じゃ、俺も世話になったかもしれないな」

「自衛隊に五年いて一等陸曹《りくそう》で退役しました。友達に誘われて自動車修理工場を始めたんです。そのころ幼馴染《おさななじみ》の女性と結婚して、娘がいます。今は八歳です」

「じゃ、家族の安否をたしかめに来たんだ」

「現在、仮出所の身です。出所後、こっちに戻ろうかとも思いましたが、やはりできませんでした。迷いましたが、神戸に住むことに決めました。自衛隊にいたころ、震災の緊急派遣でひと月余り住んだことがあるので、なんとなく親しみがあったのです。他の土地には行ったことがありません。出所した翌日に神戸に来て、保護司に会って挨拶した帰りです、地震と津波のことを知ったのは。それでいてもたってもいられなくて、中山さんに相談したら、亀山会長にお願いしてくれました。中山さんとは阪神・淡路大震災のとき、知り合いになりました。私が刑務所に入っているときも何度か面会に来てくれました。それで、勇太さんと一緒に来ることになりました」

「ということは、保護司に黙って出てきたわけか」

勇太の言葉に高橋は頷いた。

「何かまずいことあるの」

「分かりませんが、仮出所を取り消されるかもしれません」

「そんなことないだろ。緊急の場合だし」

言ってはみたが、法律的なことはまったく知らない。それより何をして刑務所に入ったか聞きたかったが、やはりはばかられた。

「殺人未遂で七年入っていました」

再度、ハンドルを握りしめた。これは思ってもみなかったものだ。せいぜい窃盗か、暴力事件だと思っていたのだ。後ろの二人も同様なのだろう。息を呑む気配が伝わってくる。

「居酒屋でのケンカです。酒にだらしがなくて、事件のことはよく覚えていないんです。本当に情けない話ですが。気がつくと自分も怪我をして入院していました。相手は私がビール瓶でしたたか殴りつけ、半年ほどの大怪我だったそうです」

これも想定外のことだった。高橋の暴れている姿など、想像もできない。

「でも、あんたが酒を呑んでるの見たことがないぜ」

「あのとき以来、一滴も呑んでいません。あの事件で私はすべてを失いました。子供も妻も。仕事や故郷もです。田舎《いなか》では犯罪者が親戚にいるっていうのは大変なことなんです。私のために私の妻、親兄弟はどんな苦労をしたのか」

「両親はここにはいないの。兄弟も」

「父親は私の中学時代に亡くなりました。母親は三年前、私の服役中です。墓は亘理《わたり》町《ちょう》です。今度の津波で流されたようです」

高橋は軽いため息をついて窓に視線を移した。

「姉と兄がいますが、出てきていることは知らせていません」

「二人とも無事なの」

「兄の家は長町《ながまち》です。家は被害を受けたようですが、家族は無事でした。姉は新市街に嫁いでいるので直接の被害はありませんでした。昔の友達の町役場の職員に調べてもらいました」

勇太は高橋がときどき携帯電話をかけていたのと、臨時町役場で職員と話していたことを思い出した。

「奥さんには会わないのか。せっかくここまで来てるのに」

「仮出所の身です。もし会って迷惑がかかると――」

高橋は言葉を濁した。

5

避難所に着いたころには陽《ひ》は沈みつつあった。

バンから支援物資を下ろしていると、辰夫がやってきた。

「高校生たちが待ってるぞ。勇太さんの生徒だって」

「俺の生徒？」

「大洋高校の吹奏楽部の生徒だって言ってる。ここにも避難している部員が三人いるんだ。指導するんだろ」

「そんな話、聞いてねえぞ」

「トランペットやフルートを教えるって約束したんだろ。みんな、そう言ってたぞ。しかし、あんたが先生だとはな」

辰夫が言ってから眼を吊《つ》り上げた。

慌てて体育館に行くと、入り口前に十人近くの高校生たちが集まっている。たしかに山下という男子学生を含めて昼間の高校生もいる。それぞれの避難所からここまで来たのだ。

勇太の顔を見ると、高校生たちは横一列に並んだ。

「お願いします！」

一斉に声が上がり、勇太に向かって頭を下げた。声も大きく、リズムも合っている。思わず勇太も姿勢を正した。

練習の始まる前の部員たちの挨拶だ。これがピシッとできる学校の吹奏楽部は優秀だ。勇太たちの吹奏楽部も日課になっていた。顧問の教師が入ってくると、部員は何をしていても顧問の前に並んで挨拶する。声が小さかったり、リズムが合ってないと、何度もやり直しをさせられた。「吹奏楽は全員で一つの空気を呼吸する」というのが顧問の口癖だった。

「お前ら、何を考えてるんだ」

ふっと我に返って怒鳴った。

山下が一歩前に出て勇太に向かって立った。大洋高校、吹奏楽部の部室で余震にへたり込んでいた男子高校生だ。

「大洋高校吹奏楽部、部員四十七名のうち九名が集合しました。別の避難所とこの避難所にも三名いました。なかなか連絡がつかないのですが、明日にはもう少し集まると思います」

「なんで俺が教えなきゃならないんだ」

「勇太先生はプロの音楽家だと聞きました。神戸では有名なトランペット吹きだって、加藤先生が言ってました。加藤先生は、有名なプロカメラマンだそうですね。避難所に集めた楽器を運んでいるときに聞きました」

やって来た加藤を見ると、とぼけた顔で肩をすくめている。

「たしかにプロだが、俺がやってるのはジャズだ。高校の吹奏楽部がやる音楽じゃない」

「金田《かねだ》先生、僕ら吹奏楽部の顧問です。金田先生も大学時代はジャズだったそうです」

「じゃ、俺よりその先生に頼めよ」

「津波で流され、行方不明のままです」

勇太は一瞬絶句した。それで、部室に置かれた花とお菓子と一緒に煙草《たばこ》があったのか。

「金田先生も勇太先生に教われと言うと思います」

「バカ言え。金田先生が俺のことを知ってるわけないだろ」

「でも、パートはトランペットなんでしょ。金田先生もそうでした」

「そんなの教える理由になるわけないぜ」

「どことなく似てます。顔じゃなくて性格なんかが」

目立ちたがり屋でおっちょこちょい。トランペット吹きの性格らしい。

「第一、楽器はどうするんだ。あんな臭くて汚い楽器を誰が吹くんだ」

勇太の言葉に山下が振り向くと、学生たちが楽器を持って並び直した。すべて綺麗《きれい》に磨きあげられている。

「これは――」

「勇太先生や加藤先生たちが見つけてくれた楽器です。あれからみんなで洗って磨きました。数はそろっていませんが、リードもあります。音だってちゃんと出ました」

山下はトランペットを取って鳴らした。たしかに音は出る。しかし、出ればいいというものでもない。微妙な狂いは避けられない。

「オイルはあったのか。ピストンがなめらかになってる」

「バブオイルはヘドロまみれで臭かったので、食用油で代用しました。あとできっちり引き直しておきます」

「楽譜はどうするんだ。譜面台は」

勇太がたたみかけるが、全員が黙っている。

「俺が何とかしてやる。音楽の練習は楽譜がなきゃできないってものでもないだろ」

加藤が勇太の横から言った。

「どこで練習しろって言うんだ。避難所の責任者とは、避難所では音を出さないって約束したんだ。ここだって同じだ。辰夫が文句を言うに決まってる。この小さな避難所にも百名近くの人がいるんだ。小さな子供も老人もいる。ただでさえ神経がまいってるんだ。ブーブー、ドンドンやられれば、今朝の喧嘩どころじゃないぜ」

「早朝練習ってのはどうですか。ここの人たち、朝はメチャクチャ早いですよ。だから朝の六時から一時間」

「そりゃいいぜ。眠気覚ましにもなる」

「朝早いんじゃなくて眠れないんだ。僕だって最初の何日間かは、朝まで起きてたもの。みんな静かにしてるから眠ったふりしてただけ」

山下が言った。

「そうよ。バカみたいにすぐにいびきをかき始めるのはあんただけ」

さまざまな声が飛び始めた。

「早朝だろうが、昼間だろうが、避難所での練習はダメだ。ここの人たちは心身ともにまいってるんだ。できるだけ静かにすごしたいだろ」

勇太は大声を出した。声は一瞬で引いていった。

「じゃ、僕たちの高校に行こうよ。あそこだと、どんなに音を出しても誰にも迷惑をかけない」

「歩いていくと、一時間はかかるわよ。電気も来てないし、だいいち寒いわよ。私、寒さに弱いのよ」

「雨はしのげても風はムリよ。窓ガラスがまったくなかったもの。あんなところで練習なんてとてもできないわよ」

一瞬引いた声がますます大きく、多くなっていく。

「ダメだと言ったら、ダメなんだ」

二度目の勇太の大声に高校生たちの声が消えた。

「俺は人に教えたことなんかないし、だいいち教えるほど上手《うま》いかどうかも分からない」

「でも、プロなんでしょ。そこのお姉さんが言ってました」

山下の視線の先には清美がいる。

「神戸じゃ超有名なバンドでトランペットを吹いてて、最高だって」

そんなの初耳だぜ。清美が俺の演奏を聞いてたなんて。

「なんと言われても、ムリなものはムリなんだ」

他の高校生たちや子供たちもやってきて、何ごとかと見ている。

「うわー、すげえ。トランペットだ。聞きたいなあ。吹いてくださいよ」

小学生の男の子が山下の持っているトランペットを見ながら言った。

「俺はトランペットを吹きに来たんじゃないんだ。他にやることがあるんだよ」

勇太は源一に言われたからではなくそう思った。被災地に町の支援物資を届ける。そして清美の家族を探す。そしてまだやらなければならないことがある。これはここに来て初めて感じ始めていたことだ。

「宮城県はブラスバンドが強い高校が多いんです。全国大会常連もいます。私たちも全国大会出場を目指して練習してきました」

パーカッションの中谷が、勇太に向かって言った。

「さあ、飯を作ろう。お前らも手伝え」

勇太は中谷に背を向け、子供たちに向かって声を出した。

「今日は何ですか。また、バーベキューやりたいなあ」

「肉もエビも昨日全部食っただろ。あるもので作るしかないんだよ。スーパーに買い出しに行けるわけじゃないんだから」

「俺、カレーがいい。津波の前は毎週食ってたんだ。母さんのカレー最高にうまかった」

母さんは？　と聞こうとしてやめた。これ以上、悲しい言葉を聞くのには耐えられないと思ったからだ。

「教えてあげればいいのに」

夕食のあと、勇太がドラム缶の前に立ち炎を見つめていると、清美が来て言った。

「俺が高校生に教えてるって想像できるか」

清美は黙って首を横に振った。

「そうだろ。ジャズメンってのは自分がすべてなんだよ。自分がすべて、個人主義者なんだ。他人に教えるなんてガラじゃないよ」

「同じ空気を吸うことが大切だなんて昔、言ってたじゃない」

「それは吹奏楽。ジャズは個性と個性のぶつかり合い。戦いなんだ」

だから俺たちはダメなのかとふと思った。ジャズも他人に対する思いやりなのかもしれない。音をぶつけ合うのではなく、お互い、相手の音を支え合ってこそ、いい演奏ができるのかもしれない。

「じゃ、トランペット、吹けばよかったのに。本当は吹きたかったんでしょ」

「俺は清美を無事に両親のところに送り届ける。そして町内会からの支援物資を被災地に届ける。被災地にトランペットを吹きに来たんじゃない」

「じゃ、なんで持ってきたのよ」

「これがないと不安なんだ。ずっと一緒だったから」

「スヌーピーのマンガに出てくるライナスの毛布みたいなものね。私は汚いエプロンがお気に入りだったそうよ。小学校に上がるまで、寝るときは必ず手の届くところに置いてたんだって。その前はエプロンして寝てたのよ。ママがいつも私をからかってた」

清美がかすかに笑った。こういう素朴な清美の笑顔を見るのは初めてだった。

「明日は他の避難所をきっちり回ってみようぜ。母さん、看護師だったな。病院回りって手もあるぞ」

「有り難う、勇ちゃん」

清美はしんみりした口調で言った。

「お前、俺のトランペット聞いたことあるのか」

「ときどき、部屋で吹いてるでしょ。すぐにマスターに怒鳴られてやめてるけど」

「なんだ、ライブやってる店に来たことがあるのかと思った」

「CDは持ってるわよ。店に面接に行ったとき、おばさんにもらったんだけど。おばさん何十枚も持ってるわよ」

「聞いたか」

「聞いた。半分だけど――。上手いなあって思ったわよ。さすが神戸、こんなの吹ける人は特別の人で、もてるんだろうなって。住んでる世界が違うんだろうなって思った」

「今でも思ってるか」

清美は首を横に振った。

「だって、お皿洗ってるんだもの」

「いやか」

清美は同じように首を振った。

勇太は清美の肩にそっと手を伸ばした。

「おう、ここにいたのか。もったいぶらないで若者たちに教えてやれよ」

足音と共に声がして、二人の間に加藤が割って入ってきた。

「そんなに簡単なものじゃないんだ。吹奏楽は最低十人は必要だし、大洋高校だと五十人編成のチームだ。楽器もそろえなきゃならない」

「楽器は俺たちが見つけたじゃないか。あの臭くて汚い泥の塊、あいつらはピカピカにして持ってきたぜ」

「見つけたときの状態を見ただろ。単に泥を落として磨けばいいってもんじゃない。それにやっぱり数が足らない。トランペット、フルート、クラリネット、トロンボーン、パーカッション、いろいろいるんだよ。部員だって十人程度しか集まっていない」

「こんなときに十人も集まったんだ。俺はすごいと思った」

加藤の言葉に清美も頷いている。たしかにこの状態であれだけの高校生が来た。勇太も彼らを見たときそう思ったのだ。しかし、口には出さなかった。

さんざん迷ったが、携帯電話のメモリーを出した。

〈なんだ、勇太か。お前、オーディションすっぽかしたんだってな。急用で行けないって携帯メール一本で。評判になってるぞ。どこで楽しいことやってんだ。神戸に戻ってくる気になったのか〉

勇太だと名乗ると、早瀬の能天気な声が返ってくる。

「俺、いま東北なんだ」

〈トウホクって、どこのバンドだ〉

「バンドの名前じゃないよ。今、東北の磯ノ倉って町だ。宮城県の気仙沼の近くだ」

〈お前がボランティアか。冗談だろ〉

「避難所でメシ作ってるよ。それに人探し」

〈やっぱり本当だったんだ。バンに支援物資積んで出かけたっていうの。お前の姿が見えないんで、警察か病院か、賭けてる奴がいたぜ。俺は前のほうだと思ってたけど〉

「頼みがある」

〈義援金ならもう払ったぜ。三ノ宮《さんのみや》の駅前で。昼飯のおつりだけど〉

「楽器を集めてほしいんだ」

〈東北で楽器屋始めるつもりか。あの辺りの人、音楽やる余裕なんてないんじゃないの。テレビを見てる限りじゃ〉

「だからやりたいんだよ。避難所に高校の吹奏楽部員がいて、楽器が足りないんだ。トランペット、トロンボーン、フルート、パーカッション。なんでもいい」

〈要するに質より量。数を集めろってことか〉

相変わらず陽気な声が返ってくる。

「鳴らないようなのは別だぜ。まずは音さえ出れば練習には使える」

〈そっちはかなりひどそうだな。毎日、朝から晩までテレビでやってる。うちのお袋なんかはテレビやめてラジオばかり聞いてる。音楽をやってるからな。テレビ見てると、神戸のことを思い出してつらいんだと。うちのお袋がだぜ〉

日ごろ、早瀬の母親は朝から一日、テレビの前に座り込んでいるのが常だった。

「こっちの状況はテレビの百倍はひどいよ。テレビじゃ臭いと埃《ほこり》がないだろ。エアコンつけてソファーでお茶を飲みながら見てるのとは断然違う」

〈そう言うなよ。俺だって義援金は寄付したんだから〉

「で、いつまでに送ってくれる」

〈いつ必要なんだ。第一、どうやって送るんだ。宅配便でいいのか。だったら住所は？〉

矢継ぎ早に聞いてくる。すでに近隣の町では宅配便が始まっている。さすが民間力と感心したものだ。

「明日の午前中に知らせる。話はつけてくれることになってるんだ。俺がそこまで取りに行く」

〈演奏会でもやるのか〉

「俺は知らない。楽器だけでも集めてやろうと思ってな」

　勇太は携帯電話を切った。

その日の夜、勇太はトランペットを持って避難所を出た。

瓦礫の中の道を歩き続けた。

立ち止まり懐中電灯を消すと、漆黒の闇が勇太を取り囲んだ。こんな暗い闇は初めてだった。自分がどこにいるか、自分が誰なのかさえ分からなくなりそうだ。

トランペットを握りしめた。その触り慣れた、自分の身体の一部とも言える手触りのみが唯一確かなものとして勇太の五感に語りかけてくる。

　勇太は力を込めて吹いた。自分の吐く息が音へと変わる瞬間を強く感じることができた。高く、低く、強く、弱く。その静かな音色は静まり返っている黒い空間の中に沁《し》み渡っていく。

第七章　三月十七日

1

「早く用意しろよ。加藤に見つかったら面倒だぜ。絶対についてくる」

勇太は高橋に囁《ささや》いた。加藤が来れば、何かトラブルを起こしそうな気がしたのだ。

「どうしたんです。今日は学生にトランペットを教えるんじゃないんですか。楽しみにしてましたよ」

「引き受けた覚えはないぜ。自分らでやるように言ってる。ここの高校生、さすがに吹奏楽の名門だけあって基礎がしっかりしてる。田舎《いなか》モンだと侮れない。顧問の指導が良かったんだろうな。あんたの家族、磯ノ倉の隣町だったよな」

高橋は一瞬、考え込むようなしぐさをしたが、デイパックを持って立ち上がった。

バンは瓦礫《がれき》の中を走った。

被災地に入って五日目だが、瓦礫の中の道路は目に見えて広く、長くなっている。道路沿いを動く重機の数も増えている。しかし、道の両側に積まれている瓦礫の山は、高くはなるが減っていく様子はない。

神戸からの電話だと、政府の対応がかなり遅れているらしい。源一が出ると、必ず興奮して声が大きくなっている。

「奥さんと娘さんだっけ。隣町に住んでるんだったな。車で一時間ってところだ」

「実は――」

高橋は、言葉を切った。しばらく考えをまとめるように黙っていた。

「私が刑務所に入るときに離婚しました。私が申し出ました」

七年前の話だ。奥さん、了解したのと聞こうとしてやめた。離婚してるのだから、納得したのだろう。

「娘は一歳でした。父親が犯罪者だってことは辛《つら》いことです。私の存在が消えてしまえば知ることもない。妻とはそのことについても話し合いました。娘にとって最良の方法を取ろうって」

違うと言いたかった。でも、勇太には言えなかった。親が犯罪者。考えたこともないことだ。

勇太は車を止めてカーナビをセットした。

「清美の親父《おやじ》は町役場の職員だって知ってるよな。しかも、そこそこ偉い。避難者の家族が避難先を知りたがってるってウソをついていろいろ調べてもらった。現在、ここじゃ個人情報保護より被災者の安否確認のほうが優先されるからね。高橋信二郎の家族についても割と簡単に分かった」

高橋は黙っていた。

「井坂智子《いさかともこ》、三十二歳、その娘友里《ゆり》、八歳」

勇太は横目で反応を見たが、高橋は無言で前方を見詰めたままだ。

「井坂伸治《しんじ》という男を知ってるか。三十五歳、外食産業勤務のサラリーマンだ」

高橋はやはり答えない。

バンは小綺麗《こぎれい》な住宅地に入っていった。

被害の大きな地域から車でほんの一時間のところにある町だとは信じられなかった。

新興住宅地で新しい家がほとんどだった。新築の家は耐震性を考慮して建てられているので、住宅の被害はほとんどない。あっても壁のひび割れ程度だった。

〈目的地の周辺です。案内を終了します〉

カーナビの声がした。

道路に沿って、小さいが前庭と車庫のある住宅雑誌から抜け出たような建売住宅が並んでいる。

勇太はスピードを落として、家の表札をたしかめながらバンを走らせた。

「この家だ。赤い屋根の家。玄関前に子供用の自転車があるだろ。どうする。訪ねていくか。娘に会いたいんじゃないの」

高橋は無言だった。こういうことを聞くほうが酷なのは分かっていた。別れた妻はすでに再婚している。妻も子供も新しい家族を持ったのだ。

「男としてきっぱり決着を付けるべきだろ。会うか、会わないか。仮出所中のヤバイ橋を渡ってまできたんだ。それなりの覚悟はしてたんだろ」

高橋の表情を見たとき、一瞬、やめておけばよかったという思いが脳裡《のうり》を走った。彼は彼なりに悩んでいたはずだ。だから来るのを、ずっと延ばしてきた。しかし、やはりこれでよかったのだ。無理やり自分に言い聞かせた。

そのとき、家のドアが開いて女の子が走り出てきた。小学二年生か三年生だ。

続いて、二、三歳の子供を抱いた女性がドアから現われた。

高橋が身を乗り出した。あの女性が元の奥さんなのだろう。

女の子と母親の二人は家の前で何か話している。女の子が家の中に走り込んでいく。すぐに男の手を引いて出てきた。カジュアルなブレザーを着た誠実そうな男性だ。

四人がそろって歩き始めた。絵にかいたような幸福な家族だ。高橋の入り込む余地は微塵《みじん》もない。勇太はそう思った。

「行ってください」

高橋が低い声で言った。

「そのほうがいいな」

「彼女も娘も幸せそうです。私は何も言うことはありません」

勇太は車をスタートさせた。

避難所に戻るまで高橋は無言で前方を見つめていた。勇太も何も言わなかった。

避難所に戻ると加藤が飛び出してきて、二人を睨《にら》みつけた。

「どこに行ってたんだ。まさか俺を出し抜こうって気じゃないだろうな」

「出し抜くって何をだ。俺たち、あんたと同業者じゃないぜ」

「まあ、そうだけど。どこに行ってたんだ」

「あんたには関係ないところだ」

「だから、どこなんだよ」

「町だよ。楽器の修理屋を探してた」

「本当か。最近、どうも二人でコソコソやってる。こいつの言葉に間違いないんだな」

加藤は高橋に向かって聞いた。

勇太は高橋に適当に話を合わせるように合図をした。

「そうです。一関の楽器店に楽器の修理について聞きに行っただけです」

「あいつらに教える気になったのか」

「それはない。でも、ちゃんとした楽器くらいは集めてやってもいいかなって。楽器さえあれば自分らでできる」

「だったら、俺に言えよ。ネットで集めればいい話じゃないか」

「ネットで楽器が集められるのか」

「呼びかけるんだよ、全国に向かって。流された楽器を送ってください。これじゃ、悲壮感がないな。被災地に楽器を。失われた楽器よいずこ。全国には使われていない楽器なんて山ほどあるさ」

「それ、いいかもしれないな。すぐやれるのか」

「お前が頭を下げて頼めばな」

加藤はさあどうする、という顔で勇太を見ている。

「お願いできませんか。ここの子供たちに何かを与えてやりたいんです。私には音楽は分からないが、楽器に触れている子供たちは楽しそうだった」

高橋が勇太を押しのけるように加藤の前に出て、深々と頭を下げた。

加藤は戸惑った顔で高橋を見ている。

「お願いします」

勇太は高橋の前に出て、加藤に頭を下げた。

「分かったよ。やってやるから頭を上げろよ」

加藤はあわてて下がりながら言った。


「昨日のガキたち、泣いてる奴もいたぞ」

加藤はキーボードを叩《たた》きながら勇太に言った。

「えっ？」

「昨日の夜、お前、瓦礫《がれき》の中でラッパ吹いてただろ。この辺り、一歩外に出てしまえば、ほとんど音がないからな。だから、この避難所にもはっきり聞こえるんだよ。ここにも昨日の高校生いただろ。あいつらだよ。俺もちょっとだけど感動したよ。ラッパは勇ましい曲だけじゃないんだな。優しい曲もなかなか良かった。やっぱりプロは違うって思ったよ」

加藤は半分からかうように、半分は本当に感激したように言った。

さて、と言ってキーボードから顔を上げ、勇太に向き直った。

「ただ単に余ってる楽器をタダでくれってのはダメ。誰も相手にもしないし、拡散もしてくれない。まず、相手の注意を引く。次に信用してもらうんだ。そして次に同情させて、最後に自分たちも被災者に何かしなきゃって気分にさせる。それにはこの避難所の名前を出してもいいか」

「まずいかもしれない。鈴木校長は避難所でトランペットを吹くとか、ドラムを叩くとかは絶対に許さない。あの人は意外と堅物で秩序を重んじている。辰夫は論外だ。あいつは俺たちのやることには必ずケチをつけてくる」

「じゃ、どこに送ってもらう。相手が信用するかしないか、大事なことだぞ」

勇太は考え込んだ。まだ、早瀬への電話のことは話していない。

「学校はまずいよな。大洋高等学校。もう、誰もいないもの」

「それって、いいかもな。廃墟《はいきょ》になった学校に楽器を送るか。誰かが郵便局まで取りに行けばいいんだからな。なんとなくロマンを感じるぞ。そうだ、瓦礫の中の学校の写真を載せよう。泥だらけの部室の写真もグッとこないか。その隅に花があるんだ。正門から瓦礫に埋もれた運動場の中に続く一本の道。絵になるなあ。さっそく、後で写真を撮りに行こう。瓦礫を片づけられる前に」

加藤は妙に興奮した口調で言った。

2

勇太はぼんやりと校庭を見ていた。

校庭の隅では、加藤と子供たちがサッカーをしている。子供たちの一人が津波に巻き込まれたとき、サッカーボールを抱えていたのでそれが浮きになり、漂っているところを引き上げられた。そのサッカーボールを使っているのだ。

鈴木校長が来て、勇太の隣に座った。

「いろいろとありがとうね。本当に助かったわ。あなたたちの目的というか、家族は見つかったの」

「あと母親だけです」

でも、と言って、勇太は言いよどんだ。清美が、すでに諦めているような気がしたのだ。

「あの子たちをごらんなさい」

鈴木校長が勇太の気持ちを察してか声を出した。

「あの子たちの中で両親を亡くした子が二人、片親を亡くした子が五人いる。これからが大変よ」

鈴木校長は低い声で言って軽く息を吐いた。

「私は大学を卒業してずっと小学校の教師を続けて、三年前から校長をやってるけど、大学の専攻は心理学。人の心に興味があったの。でも、それじゃ食べていけない。それで教職免許を取り、教師になり、校長になった。臨床心理士の資格もあるの。十年ほど前に教師をやりながら取ったのよ。世の中だんだん複雑になってるでしょう。心を病む人も増えてる。これから必ず必要になると思ったから。臨床心理士って知ってる」

「聞いたことはあります」

「要するに人の心を治すお医者さん。というより話の聞き役かな。相手の心を共有して、楽にしてあげる人」

「俺にはとてもできそうにない仕事だな」

「これから、東北は大変。両親を亡くした子、どちらかの親を亡くした子供たちが百人単位で出る。その子供たちを私たち全員で見守っていかなければならない。それが生き残った私たちの使命」

鈴木校長は子供たちを見ながら言った。

勇太は先日、津波に呑《の》み込まれて壊れたビルの一階のゲームセンター跡で見かけた子供たちのことについて話した。彼らがゲーム機を壊して中の百円硬貨を盗んでいたことは言わなかった。これ以上、彼女を悩ませたくなかったのだ。

鈴木校長は何も言わず聞いていたが、やがて静かに話し始めた。

「PTSDって知ってるでしょ」

「心的外傷後ストレス障害。俺だって、ガキのころ神戸で震災を経験しました。ときどき、心理カウンセラーが聞きに来てますよ。気になることないかって。なんだか持って回った言い方して」

「なんて答えるの」

鈴木校長は興味深そうに勇太を見ている。

「何ともないって言ってます。忙しくて、そんなこと考えてる時間はないって」

勇太は答えたが、半分は本音で半分はウソだった。ときどき、妙に不安を感じることがある。暗くて狭いところは苦手だ。足がすくむというか、動悸《どうき》がして息苦しくなるのだ。小学生時代はそんなとき涙が出ていたが、中学になるとそんな場所には近づかないようにしていた。先日、久し振りに恐怖を感じた。

「子供たちの被災体験。これは大変なことなのよ。この子供たちが、日常に戻れるかどうか。こんなひどい経験をしてきたの。あの日の出来事は、彼らの心の中には消えることのない焼印のように刻まれているのよ」

「でも、生きていかなきゃならない」

勇太は呟《つぶや》くように言った。

「その通り。このひどい現実をできるだけ早く、何とかして少しずつでも別の記憶で置き換えてやりたい。楽しい記憶でね」

鈴木校長は低いが強い意志の籠《こも》った声で言った。

「この震災じゃ多くの震災孤児が生まれるわ。阪神・淡路大震災は早朝、午前五時四十六分に起こったでしょ。だから大半の家庭では子供と両親はまだ一緒にいた。つまり、家族で震災に巻き込まれた」

「だから、親子は一緒に死んでしまったケースが多い」

「そう。だから震災孤児は比較的少なかった。両親ともに亡くした孤児は六十八人。でも、今度は違う。午後二時四十六分。子供は学校に、親たちは仕事に出ていた」

「どちらか一方が死んでるケースが多いということですか」

鈴木校長は頷《うなず》いた。

「両親ともに亡くしたケース。母親あるいは父親を亡くした子供。早く調査してケアしていかないと。可哀《かわい》そうなのは子供たち」

「僕の友達にもお婆《ばあ》さんに育てられていた子がいました。高校のときの保護者会なんかは彼が付き添って。どっちが保護者なんだか分からないって笑ってたけど」

「お婆さんだといいほう。私の関係したケースは、親戚中をたらい回しにされ、結局行き着いたのは施設。子供だけど、かなり心理的に追いつめられていた。笑顔を見るのに一年かかった。ちらっと浮かべた笑顔らしい顔を見るのにね」

「その子、今どうしてます」

鈴木校長は視線を運動場の隅に向けた。

加藤と子供たちに交じって二十歳くらいの青年が走っている。

「あの男の子？」

「大学の福祉科に行ってる。将来は臨床心理士になるんだって」

「校長と同じですか」

鈴木校長は頷いて青年を見ている。子供たちの笑い声が風に乗って聞こえてくる。

急に海からの風が強くなってきた。

鈴木校長がぶるっと身体《からだ》を震わせた。

「梅崎《うめざき》まで送っていきます。校長は山瀬《やませ》地区に行くんでしょ。辰夫がそう言ってました」

「迎えに来てくれることになってるの。山瀬中の避難所でスタッフにPTSDの講義。これから必要になるからね。勇太君も聞きに来ない？」

「ごめんなさい。遠慮させてもらいます。ここでしなきゃならないこともあるし」

「残念ね。じゃ、またの機会にね。私は諦めないんだから」

鈴木校長は笑いながら言った。

3

勇太は眼《め》を覚ました。バンの運転席のシートを倒したまま眠っていたのだ。陽《ひ》がかなり傾いている。神戸にいるときは、店の厨房《ちゅうぼう》で運ばれてくる皿を必死で洗っている時間だ。

夕食を食べ損ねたかと思いながらバンを出ると、体育館のほうが騒がしい。

「何かあったのか」

通りすぎようとする女の子をつかまえて聞いた。

「登美《とみ》ちゃんがお腹《なか》が痛いんだって」

登美子は小学五年生の女の子だ。サッカーが好きで男の子に交じってボールを蹴《け》っている。

「お前は？　お腹、痛くないか」

「なんともない」

女の子は不思議そうな顔で答えた。勇太の肩から力が抜けていった。

「だったら、食中毒じゃないよな」

食堂をやっていると、食中毒がいちばん怖い。源一も細心の注意を払っていた。中華は火を通すから安全だけど、気は抜くなと口癖のように言っている。

「登美子は、薬は飲んだのか」

「おばちゃんたちが飲ませてた。でも効かないみたい」

体育館に入ると、一角に人が集まっている。

その背後に高橋、加藤、清美の三人も立っていた。勇太は高橋の横に行った。

「辰夫君が医者を呼びに行ったけど、なかなか見つからないみたいです。鈴木校長とは連絡が取れてません。相手が子供なんで痛がってるのを見ると可哀そうで」

高橋が勇太に気づいて言った。

「痛いのは腹なのか」

「顔が蒼《あお》くなって痛がってた。少し吐いたので食中毒かと慌てたが、そうでもないらしい。他の子は元気だ。母親はずっとあの調子」

勇太の隣の中年男が言った。

登美子の横には眼を真っ赤にした女性が座って、手を握っている。

「お父さんは？」

「まだ見つかってないんだ。母親にはあの子しかいない」

高橋が人をかき分けて中に入っていく。

高橋は登美子の横に座った。

「あんた、医者か。なんの病気か分かるのか」

「臍《へそ》の右を押さえてみてください。そっとです」

登美子は押さえるたびに顔をしかめている。

「素人判断ですが、虫垂炎《ちゅうすいえん》じゃないですか。昔、友達の子供がやはり同じような症状を示していました」

「どうすりゃいいんだ」

「冷やして、できるだけそっと病院に連れていくんですが、ここから一番近い病院は」

「気仙沼の総合病院だったけど、あそこも形は残ってるが、中はきれいに持ってかれてる。泥と瓦礫しか残ってない」

「手術のできそうなところで、次に近いところは？」

「隣町の県立病院しかないんじゃないの」

「すぐに連絡を取って、連れに来てもらうのが一番いいでしょう」

母親はオロオロするばかりで何もできない。

勇太が県立病院の番号を聞くと、老女が手提げかばんの中から病院のカードを出した。

電話は五度目でつながった。

勇太は登美子の病状を伝えた。

〈現在、この地区の救急車は一台以外は全部使えません。それも今、出たばかりです。

いつ戻ってくるか〉

「ガソリンがないんですか」

〈それもありますが、車自体が足らないのです。五台のうち四台が塩水を被《かぶ》って動きません。かろうじて動いているのは一台ですが、出動のたびにパンクして帰ってきます。いつ動かなくなっても、不思議じゃありません〉

「ヘリは飛ばせないんですか。かなり痛がっています。この避難所には医者も看護師もいないんです」

〈ムリです。何とか連れてきてください〉

たしかに背後からは、指示を出す声と慌ただしく人が行きかう音が聞こえてくる。

「連れていきます。受け入れ態勢をよろしくお願いします」

勇太は携帯電話を切った。

「何とか連れてきてくれと言ってる。救急車を待っているより、直接連れていったほうが早そうだ」

加藤が勇太の腕をつかんで部屋の隅に連れていった。

「あの状態で動かせるのか。死んだらどうする」

「でも盲腸《もうちょう》なんだろ。このままここにいれば、よけいヤバイぜ。運ぶしかないだろ。バンに布団を敷いて、できるだけ振動を少なくして運ぶんだ。二時間もあれば病院に着く」

「校舎の裏の救急車を使いましょう。バンより振動も少なそうだし、ストレッチャーもありました。患者には負担が少ないでしょう」

高橋が出入り口に歩きながら言った。

ここに来たときから放置されていた救急車だ。側面が大きくへこんで傷だらけだった。赤色灯も取れていた。

「あれは潮を被って動かないだろ」

「私が直しておきました。消防署に届けようと思っていたところです」

「ガソリンは？」

「ほとんど空です。誰かが抜いたのでしょう」

「俺が入れておく」

加藤が体育館を飛び出していった。

救急車のところに行くとキーがない。高橋が慣れた調子で配線をつなぐとエンジンがかかった。

「救急車なんて運転したことないぞ。第一、普通免許で運転できるのか」

「私がやります」

高橋が勇太を押しのけるようにして運転席に座った。

体育館の前まで運転すると、携帯電話を耳に当てた清美が出てきた。

「私も行く。道が分かるの私だけでしょ」

返事を待たずに、助手席に乗り込んでくる。ストレッチャーに乗せられた登美子と母親が乗るとすぐに、救急車は出発した。

高橋は慎重に救急車を走らせた。

「もっと速く走れるだろ」

「パンクでもすれば、よけい時間がかかります」

清美は真剣な表情で、前方とカーナビを見比べている。


病院の前には医師と看護師が待っていた。清美が連絡を取り合っていたのだ。

登美子はストレッチャーに乗せられ、手術室に運ばれていった。

勇太たちは母親と一緒に待合室に座っていた。

十五分ほどで一人の看護師が出てきた。

「やはり虫垂炎でした。腹膜炎を起こしかけていました。もう少し遅れてたら危なかったですね。しかし手術は問題ありません。ただし、しばらく入院が必要です」

母親と勇太たちに説明した。

「でも、救急車で運ぶことができたのは正解でした。可能な限り安静に運べました。しかし、動く救急車がよく残っていましたね」

「潮を被ったのを修理しました。すごく優秀なメカニックがいるんです」

勇太は高橋に眼を移した。高橋はいつもの控えめな表情で黙っている。

「救急車は消防署に届けておきます。避難所まで送ってくれればの話ですが」

「喜んで送るはずですよ」

「お前からも兄さんに頼んでくれよ」

勇太が清美を見ると、清美の視線が看護師の肩越しに固定されている。

勇太はその視線を追った。中年の看護師が、若い看護師にカルテを見せながら何か話している。

「ママ、ママでしょ」

清美の口から掠《かす》れた声が漏れた。

看護師が顔を上げ清美を見ている。

清美は立ち上がり看護師のほうに歩いていった。しかし、途中から走り出して看護師に抱きついた。

勇太たちは茫然《ぼうぜん》と二人を見ていた。

二人はしばらく抱き合っていた。

周りの者はちらりと見るだけで通りすぎていく。ここでは何度も繰り返された光景なのだろう。

「パパもお兄ちゃんも無事よ。パパは磯ノ倉にある臨時の町役場で仕事してる。お兄ちゃんは消防署。二人ともそこで寝泊まりしてる」

清美は一気に言った。

「あなたのおかげよ。ママが助かったのは。ちょうどあなたの荷物を出しに郵便局に行ったときに津波が来たの。あのまま家にいたらどうなったか分からない。家のほうがずっと海に近いし、家は直撃で跡形もなくなってた。避難所の小学校も流されたって聞いてる」

「郵便局もでしょ」

「郵便局の人がお客を連れて裏山に逃げたのよ。でも、一度は津波に呑み込まれて。そのとき津波に浸《つ》かって、携帯電話がダメになってしまったの。あなたの電話番号も、パパのも弘樹のも分からなくなった。そうこうしてるうちに避難所で知り合いの看護師に会って、この病院でしばらく手伝ってくれってことになったの。それからは寝る暇もなかったわ。次から次に患者さんが運ばれてきて——」

あなたは命の恩人よ、と清美の母親は繰り返した。

その間にも、若い看護師がやってきて、指示を求めていく。

まだ仕事があると言う清美の母親をおいて、勇太と清美は病院の外に出た。気がつくと、清美はピンクのトレーナー姿だ。慌てて飛び出してきたので、いつものダウンのコートを着ていない。

勇太はアノラックを脱いで清美の肩にかけた。

「よかったな。家族全員無事で」

清美は小さく頷いた。素直に喜びたいのだろうが、ここに来て周りの状況を見ていると、それははばかられることだった。あまりに多くの不幸がありすぎたのだ。

「俺たち、救急車を消防署に届けに行かなきゃ。それに避難所に報告だ。みんな、心配してるだろうからな」

「私はもうしばらく病院にいる。ママのそばにいたいの」

「それがいちばんいい」

「お兄ちゃんに言ってくれる。ママを見つけたって。電話したけど、また通じなくなってる。パパに知らせてくれるわ」

「分かった。これで一件落着だ」

「勇ちゃん、有り難う」

清美が勇太の手を握った。勇太がその手を握り返すと、さらに強く握り返してくる。

救急車を消防署に持っていくと、勇太と高橋は歓声で迎えられ、署長じきじきに感謝の言葉を述べられた。

もっとゆっくりしていくようにと言う消防署の職員たちに送られて、二人は避難所に戻った。

4

いつもなら寝ている時間にもかかわらず、まだほとんどの者が起きていた。

体育館では登美子がやはり虫垂炎で、手術は成功したことを告げるとそこかしこで拍手と喜びの声が上がった。

「有り難う。避難所、久々の良い知らせよ」

一時間前に戻ったという鈴木校長がホッとした表情で高橋と勇太に礼を言った。

勇太は加藤に登美子を連れて行った病院で清美の母親に会ったことを伝えた。

バンに戻ると、加藤が助手席に座っていた。

「お母さん、看護師として働いてた。清美はしばらくお母さんと一緒にいたいそうだ」

「偶然にしてはできすぎてるが、まあこういうことがあってもおかしくない状況なんだろ。しかし、写真を撮っておきたかったな。神戸と東北を結ぶ親子の再会か。あまり高くは売れないかな。とにかく、いろんなことが起こりすぎている」

「もう一回、再現してもらうか。清美ならオーケーするかもしれないぜ」

加藤はそうだなと呟いてしばらく考え込んでいた。

「お前、どうするんだ。これで神戸から来た目的はすべて果たしたわけだ。神戸に帰るのか。長居は無用だぜ」

「あんたこそどうする。写真は充分撮っただろ。売り込み先もできたようだし」

「俺たちの仕事に充分って言葉はないんだ。人や状況は刻々変わってる。一秒前と同じ人間なんていやしないだろ。ここの人たちだって、津波の前と後じゃ、完全に人生が変わってるもの。でも、お前が行くのなら俺も――」

お前は――と言いかけて加藤は言葉を切った。しばらくカメラをいじりながら瓦礫のほうを見ていた。

「吹奏楽部の学生たちはどうなる。お前のこと、すごいトランペット吹きだと信じてる」

「勝手に思い込んでるだけだ。俺の責任じゃない」

「いや、上手《うま》かったよ。あのパンパカパーンっての、ジーンときたぜ。さすがプロだって思ったよ」

本物のプロはもっとすごいんだよ。半分言いかけたが、口には出さなかった。

「ここの奴ら、特にあの高校生たちのこと考えてやれよ。あいつら、ラッパ吹いてるとき、何だか顔つきが変わってたぞ。親、兄弟を亡くしてる奴もいるんだろ。やっぱ、何か夢中になって、忘れられるものがなきゃな。救われないよ」

たしかに、楽器を眼の前にしたとき、山下のどこか気が抜けたような表情にわずかだが笑みが漂っていたような気もする。

「あと、二、三日はいるよ。それから考える」

「じゃ、俺もそうする。あいつらの顔、これから変わりそうだしな」

加藤はあくびを押し殺しながら言った。


そのとき、体育館からフルートの音が聞こえてきた。

一つではなく、複数だ。吹いているのはシューベルトの「しぼめる花」。音が重なり合って、かなり大きな音となって体育館から流れてくる。

「バカが。避難所の中じゃ吹くなってあれほど言っておいたのに」

「上手いじゃないか。なんで、ダメなんだ」

「辰夫から釘を刺されてるんだ。室内では楽器は一切鳴らすなって。約束破ったら、楽器の持ち込みは一切禁止になる。避難者の中にはいろんな人がいるんだ。体調が悪ければ静かな中にいたいだろ。疲れて眠りたいのに大きな音を出されちゃ嫌だろ。音自体が嫌な人もいるんだ。人それぞれで、問題は起こしたくないんだ」

勇太はバンから降りて体育館に向かった。加藤がついてくる。

体育館に入って、思わず立ち止まった。

正面の演台の前で女子学生が三人並んでフルートを吹いている。曲は——ベートーベンの「月光ソナタ」に変わっている。その前には子供たちが取り囲んで座っていた。

体育館の避難者全員が三人の女子学生のほうを見て聞いている。

勇太は布団の上に正座している老女の顔を見て驚いた。涙が頬を伝っているのだ。

そして、さらに驚いた。体育館の隅にいるのは辰夫だ。辰夫もじっと聞き入っている。

やがて曲が終わった。体育館中に拍手が轟《とどろ》いた。

「上手いじゃないの。お前の教え方だとは言わせないぞ。断ったんだからな」

加藤が、勇太の背中をバンと叩いた。

女子学生たちは恥ずかしそうに三人そろって頭を下げた。

「もう一曲、やってくれや」

中ほどから声が上がった。いつも文句を言っている爺《じい》さんの声だ。頼むよ。お願いします、の声が続く。

女子学生たちはしばらく話しあっていたが、再び横一列に並んで吹き始めた。

音はかなり飛んで、間違ったり合わなかった個所が多数あったが、温かく親しみのある心にしみる音色だった。

曲が終わると勇太も拍手をした。隣では加藤も必死で手を叩いている。

辰夫を見たが、やはり懸命に拍手をしていた。

入り口に立っている勇太に気づいた女子学生たちがやってきた。一人は高校で楽器を探していた山根だ。

「ごめんなさい。先生の言い付けを破って」

山根が頭を下げた。

「広美《ひろみ》のせいじゃないです。小学生が私のフルートを吹き始めたんです。ドレミを教えてたら、その子のお爺ちゃんが吹いてくれって。私ひとりじゃ恥ずかしいんで、広美と佳子《よしこ》も誘いました。私がいちばん悪いんです」

「まあ、すんだことだ。今日は誰も文句は言わないみたいだから、ほっておけばいい。しかし、今後はやめとけ。外は寒いけど我慢しろ」

勇太の言葉に三人は頷いた。

「音楽ってのはな、楽器が音を出すんじゃないんだ。人が楽器を通して奏でるんだ。楽器を通して、人が人に語りかけるんだ。特に吹奏楽はそうだ。大勢の奏者の心が一つになって、初めて一つの音楽が生まれる。そしてそれが、聞いてる人に伝わる」

勇太は自分でも気恥ずかしくなるような言葉を並べた。昔、どこかでさまざまな人たちによって言われた言葉だ。初めはその通りだとひそかに感動したものだが、いつの間にか自分の演奏だけしか頭になかった。

「ひとりがいくら立派なこと言っても、十人が勝手にしゃべったんじゃ人には伝わらない。そうだろう」

女子学生たちは真剣な表情で頷きながら聞いている。

「先生、私たちを指導してくれるんですか」

勇太が話し終わると山根が聞いた。

「教えるってほど大げさじゃないけど、しばらく一緒にやってみるか」

「有り難うございます」

三人がそろって頭を下げた。

「よーし、明日から練習だ。俺の練習は厳しいぞ」

「よろしくお願いします」

一斉に頭を下げた女子学生たちの顔に笑みが弾《はじ》けた。

第八章　十日後

1

勇太は眼《め》を覚ました。

眼だけを動かして体育館の中を見た。周りからは物音ひとつ聞こえない。窓に眼を移したが、闇が貼りついたようで何も見えない。雨も雪も降っていない。ただ闇があるだけだ。

「起きようぜ」

隣で加藤の声がした。彼も眼を覚ましていたのだ。

二人そろってゆっくりと上体を起こした。すると三番目、四番目の影が立ち上がった。

清美も高橋もすでに起きていたのだ。

体育館の外は三月下旬だというのに、相変わらず冬の冷気が立ち込めている。

「神戸じゃ、コートはいらなかったぜ」

「緯度が違うだろ。緯度が四度北だ。それにやはり東北だ」

四人と教室から出てきた高校生三人をバンに乗せて、勇太は避難所を出た。

勇太は初め、自分と高校生だけですべてを片づけようと思っていた。しかし、最近は加藤も変わってきている。自分以外の者も視野に入るようになっているらしい。そして結局、四人と三人の高校生で出かけることになった。

加藤は初め、流されて陸や家に乗り上げている巨大な船や車、瓦礫《がれき》から運び出されようとする遺体、瓦礫の中で泣く老人、そういったものばかりを撮っていたが、最近は瓦礫に埋もれた三輪車や瓦礫の間に伸び始めた草花などの写真も熱心に撮り始めた。

また、避難所でも、猥雑《わいざつ》さ、毛布に包《くる》まって眼を閉じている老人、炊き出しやトイレに並ぶ人たちを主に撮っていたが、今は再会を喜ぶ人たち、陽《ひ》だまりでくつろぐ人たちにカメラを向けることが多くなった。わずかながら笑顔を取り戻した子供たちも好んで撮る被写体だ。加藤が勇太たちや被災者に向ける眼が確実に変わってきている。

「楽器ってピアノやギターか」

加藤がぶっきら棒に聞いた。

「そんなのも集めたいな。こんな時こそ、楽しい音楽が必要だ」

「音楽より、まずは食い物と家だろ。あんなところにひと月もいると、神経がおかしくなるぜ。もうかなりまいってる奴らも、けっこういる」

加藤は意外なほど真剣な表情で言った。

「だから音楽がいるんだ。そうだろ」

加藤は勇太の言葉を無視して大きな欠伸《あくび》をした。以前なら腹が立ったが、今ではこういう奴だと受け流すことができる。素直に人の言葉を受け入れることができないのだ。高橋も清美も相手にしていない。高校生だけが非難の眼を向けている。

高校生たちにはまだ楽器が届くことは言っていない。昨夜、荷物が届いたと住所を貸してくれた人から連絡があったのだ。

無料で集めたものだ。早瀬の経済状況から考えると、送料さえも満足に出せないはずだ。すぐには使えないひどいものだと、考えておいたほうがいい。

一時間ほどで磯ノ倉町を出て、さらに十分で郊外に出た。この辺りに来ると震災の影響はほとんどない。

バンは静かな住宅街に入り、一軒の家の前に止まった。

勇太はバンを降りて表札を確認し、ドアベルを押した。

出てきたのは、上品な顔立ちの初老の婦人だ。彼女は町内会長の遠い親戚に当たる人だ。

「部屋に入れてあります、ずいぶんと多い荷物なので驚きました」

案内されたリビングには段ボール箱が山積みになっている。大きなものだけで十近くある。

勇太は高校生に手伝わせていくつかの段ボール箱を開けた。加藤が覗《のぞ》き込んでくる。

「きれいじゃないか。ピカピカだぜ」

「そういう問題じゃないんだ。音の問題だ」

勇太は一つを手に取った。充分に使い込まれたクラリネットだ。

この持ち主は新しいのを買って、大切にしまい込んでいたものを震災で楽器をなくした学生たちに送ってきたのか。それとも持ち主は亡くなっていて、家族が送ろうと決めたのか。それとも……。さまざまな思いが頭を駆け巡った。

「おい、これは何だ」

加藤が五十センチ四方の段ボール箱を抱えて勇太の前に置いた。

「お前の親父《おやじ》からだろ。同じようなのがあと二つあるぜ」

「俺たちへの差し入れだろ」

勇太はちらりと見て言った。

「車に積み込むんだ。送ってくれた人の思いを考えて、丁寧に扱うんだぞ」

はい、という素直な声が返ってくる。

段ボール箱がバンに積み込まれている間に、勇太は早瀬に電話をした。

〈届いたか。けっこう苦労したんだぜ〉

眠そうな声がかえってくる。

「初めてお前に言うよ。有り難う」

〈素直になったな。俺の眼に浮かぶのは、ゲジゲジでも見たようなお前の顔だ〉

「必ず礼はするよ。でも、どうやってあんなの集めたんだ。三分の一が新品だぜ」

〈江口《えぐち》さん、知ってるだろ。ライブハウスの常連さん。楽器会社とかけあってくれた。被災地に必要なのは音楽と元気だってお前の言葉を伝えたら、えらく感動してまかせろって。ただし、楽器会社の名前が大きめに刻印されてる〉

「そんなのどうでもいい」

〈ところで、そっちの高校生って、上手《うま》いのか〉

「上手い、下手《へた》って問題じゃないだろ。演奏するってことに意味があるんだ」

勇太は言葉を選びながら言った。

〈じゃ、下手なんだな〉

勇太は答えることができない。考えてみたら、ほとんどの生徒の実力を知らない。

〈部活の顧問がいるだろ。俺たちのときのガバチョだ。顧問を見れば実力は判断でき

る〉

「流されたんだ」

〈えっ？〉

「津波に流されて、昨日遺体が発見された。まだ遺体さえ見つかってない部員もいる」

しばらく沈黙が続いた。

〈たしかに大切なのは演奏することだな〉

神妙な言葉がかえってくる。

「とにかく、ありがとう。またきっとお願いすることがあるけど、よろしく頼む」

〈ホント、素直になったな。今度、そっちに遊びに行くよ〉

「子供たちと遊んでくれると助かるよ。きっと楽しいぞ。レベルがピッタリだ」

どういう意味だという言葉を無視して電話を切った。

楽器を満載したバンは避難所に向かった。


避難所に戻り、バンから楽器を下ろしていると、高校生を含めて子供たちが集まってきた。

近くの避難所に避難している、大洋高校吹奏楽部に所属していた高校生たちも来ている。集合をかけていたのだ。全員で三十名を超えている。しかし、楽器も楽譜も、そして譜面台も充分にある。

昨日、郵便局から避難所宛てに手荷物が届いた。宛先は辻元勇太になっている。中には譜面台が五十本に吹奏楽用の楽譜が二セット入っていた。曲名は「スターウォーズ」と「ロッキーのテーマ」だ。

「やっと届いたか」

勇太が見ていると加藤が覗き込んできた。

「あんたが取り寄せてくれたのか」

「それやってくれよ。俺はそれしか知らなくてな。昔、よく聞いたからな」

「名曲だよ。これ全部あんたが――。高かっただろ」

「子供たちが置いてった金があっただろ。ゲームセンターにいた奴ら。あれ、使わせてもらった」

加藤は遠慮がちに言った。しかし、あれでは譜面台分にもなりはしない。

「ありがとよ。みんな、喜ぶよ」

お前、思ったよりいい奴だな。勇太は心底そう思った。しかし、言葉には出さなかった。

体育館の外で音を出していると、他の被災者たちもやってきた。

「演奏会でも始めるのか。こんな狭いところでうるさくやられると、たまったもんじゃないぞ。太鼓や大きな音が出るものもあるんだろ」

「演奏は大洋高校でやります」

「あそこは津波でやられただろ。何も残ってないぞ」

「校舎は残っています」

「寒くてすぐに吹けなくなりますよ。手が凍えて、唇もすぐに痺《しび》れたようになって。前にやってみたんです」

山下が不満そうに言った。山下は見るからに元気になっている。学校で見つけたトランペットをトイレに行くときも寝るときも離そうとしないそうだ。

「焚火《たきび》をしてその周りでやればいい。生演奏もなかなかいいもんだってことを分からせてやろう」

「下手なのを聞かされるほどつらいことはないってことも忘れるな。避難所にいると、余計そう感じるぞ」

「なるだけ静かにやるよ」

勇太は小声で言った。

吹奏楽の練習が静かにやれるはずがないのだ。本気でやればやるほど音は大きくなる。中学、高校時代を通じていちばん苦労したのは練習場だ。

早朝練習は八時から十五分間。それじゃ練習にもなりゃしない。夜は七時で終わり。

その時間帯を外れると、町の静寂を乱すと近所の住民から苦情が出るのだ。

やはり尋常でない寒さだ。今日はこのまま練習を続けるか中止するか。

勇太が迷っていると、フルートを持った一人の男子学生が勇太の前に出てきた。初めて見る顔だ。

「吹いてくださいよ」

その高校生が言った。

「フルートですか、トロンボーンですか」

「勇太先生はトランペットだ。いつもケースを持ってるの見てるだろ」

「トランペットを出して眺めてるのを見ましたが、かなり高そうでしたよ。上手いんでしょ」

「音楽は楽器の値段じゃないって金田先生はいつも言ってただろ」

それはアマチュアの遠吠《とおぼ》えだ。ある水準以上では楽器が音質を左右する。当然高い楽器はそれなりの音を出す。

「金田先生もトランペットを吹いてました。学生のころはプロを目指していたそうです。

それが、夢破れて音楽の教師」

「でも、俺の人生は間違ってはなかったって言ってたぞ。若者に音楽を教えることは、社会に美しい音楽を響かせることだって。コンクール後の打ち上げで酔っ払ったときだけど」

「その先生、トランペットは上手かったのか」

「すごく上手でした」

「お前らに上手い下手が分かるのか」

「先生にさんざんＣＤを聞かされましたから。いい音を出すためにはいい音を聞け。先生の口癖でした」

「先生は、何とかいう日本で一番レベルの高いコンクールで二位を取ったことがあるそうです。あのとき一位なら、俺の人生も変わってたかもしれないって。これも酔っ払ったとき言ってました。やっぱりプロになりたかったのかな」

「勇太先生もそうですか」

勇太は思わず頷《うなず》いていた。

「バカ、もう有名なプロなんだよ」

山下が強い口調で言った。

勇太はトランペットを持ってマウスピースを口に当てた。

ゆっくりと音を出した。初めは静かに、そして徐々に大きくしていった。

学生たちから私語が消え、静まり返った。

通りかかった避難所の人たちも立ち止まって聞いている。

ジャズの名曲、レイ・チャールズの「わが心のジョージア」だ。初めて聞いたとき心が痺れるのを感じた。そして、トニー・ベネットの「霧のサンフランシスコ」だ。ポピュラーな曲で、題名は知らなくても多くの人が聞いたことのある曲だ。そして最後は、〈KOBEブルー〉のテーマ曲「フライ・ミー・トゥー・ザ・ムーン」だ。私を月に連れてって。勇太は思い入れたっぷりに、とろけるほど甘ったるく吹いた。仲間からは完全にバカにされるだろうが、たまにこういう演奏があってもいいだろう。

どうだ、これがプロの音だ。演奏ってのはこういうものだ。勇太は心の中で思った。

吹き終わると一斉に拍手がわいた。

「金田先生を思い出すよ。今度の先生もかなり上手いよ」

金田先生よりヘタだよという声も混ざっている。たしかにそうかもしれない。そのコンクールには勇太も何度か出たことがある。勇太は最高が四位だった。

2

その日の午後からさっそく練習が始まった。

大洋高校に吹奏楽部の部員が集まった。総勢三十八名。

中には震災後、初めて会うという生徒もいた。

最初に、亡くなった人たちの冥福を祈った。その後、送られてきた楽器をそれぞれのパート担当の学生に渡した。

久し振りに触れる楽器に学生たちは、さまざまな思いがあるらしく、しばらくの間は各自で何も言わず楽器の調子を調べていた。

やがて勇太の合図によって練習が始まった。

「吹奏楽はソロとは違う。ソロは周りの楽器が、一つの楽器を支えて盛り上げる。吹奏楽は、お互いがお互いを支え合うんだ。それはみんなが周りの音色を聞くことから始まる。その中に自分がいかに自然に溶け込むかを考えなきゃならないんだ」

勇太は十一年前の高校時代を思い出しながら言った。初めての練習前に顧問のガバチョが言った言葉だ。己を殺して全体を生かす。己は全体の一部である。すべての思いが一つになって初めて一つの曲が生まれる。そのときは、何を言ってると思ったが、今はその思いを強く感じることができる。

最初は奏者の技量を知るために、各楽器に分かれて得意な曲を演奏させた。これもガバチョのやり方だった。各楽器の力と共に、各奏者の力量と性格を知ることができる。

その間、他の楽器の奏者はその演奏を聴きながら自分たちの楽器の役割、演奏の仕方を考える。

高校生たちは熱心だった。勇太の言葉を素直に受け止め、上手くなろうとしていることが強く感じられた。勇太にとってこういう経験は初めてだった。教えるってことも悪いことじゃないなと、密《ひそ》かに思った。

しかし一時間もすると、さすがに演奏が乱れてきた。

「先生、手が痛くて吹けません」

高校生の一人から声が上がった。

手を見ると真っ赤になっている。おそらく気温は十度を下まわっている。

聴いている者たちは身体《からだ》を小刻みに動かしている。勇太は半数の者が学生服姿なのに気づいた。彼らは被災者で、着の身着のまま避難所に逃れたのだ。まだ、支援物資の衣服さえ満足に受け取っていない者もいるのだ。

たしかに立っているだけで全身が凍りそうになる。

「今日はこのくらいで終わりだ」

勇太の言葉にホッとした空気が流れた。

「避難所に帰ったら部屋の中では絶対に吹くなよ。外での練習も時間厳守だ。そういう約束で避難所に楽器を持ち込むのが許可されたんだからな」

勇太は強い口調で言った。

「避難所の人からリクエストがあってもですか。最近、ときどき頼まれるんです」

「時間と状況を考えて行動すること。大きな音が苦手な人、早く眠りたい人だっているだろ。特に年寄りの多い避難所は」

分かりました、と言って、学生たちは各自の避難所に帰っていった。

「けっこう上手いじゃないか。俺もタイコやりたかったな」

バンで迎えに来た加藤が言った。

「で、何とかなりそうなのか」

「ムリだな。部員の全員が相当のショックを受けているんだ。大半の者が家をなくし、家族や親戚が亡くなってる者も多い。平常心で演奏ができるはずがないだろ」

「お前、プロだったんだろ。何とかしろよ」

「そんなこと関係ないだろ。ムリなことはムリなんだ。コンサートなんてレベルじゃない。ただ音を出してるだけだ。ただあいつらの根性だけは大したものだ。こんな場所で練習しようってんだから」

勇太は自分自身に言い聞かせるように呟《つぶや》いた。

海のほうを見ると、まだ瓦礫の続く町を長い棒を持った自衛隊の隊員たちが横一列になって歩いていく。

「もう諦めるべきじゃないか。死んでることはたしかだし。さっさと重機を入れて片づけてしまえばいいのに。これじゃ、心の切り替えがつかないぜ」

加藤は半分怒ったように、半分は諦めたように言った。

「モノはしょせんモノでしかないんだ。壊れてしまえば捨てるしかない。しかし、人間は違う。壊れたからって、捨てるわけにはいかない。いつまでも尾を引くんだ。何年も、何十年も。新しい生活を始めるためにも、けじめってものが大事だ。だから、原因がなんであれ人が死ぬってことは大変なことなんだ」

源一の受け売りだ。何年か前の地震でテレビを見ながら勇太が加藤と同じようなことを言ったことがある。源一はいつもとは違った淡々とした口調で話した。勇太は反論できなかった。

加藤は意外そうな顔で勇太の言葉を聞いている。やはり、反論はしてこなかった。

3

避難所に戻ると、ドラム缶の上に置かれた大鍋に湯が煮立っていた。

「今晩はお前がラーメンを作ってくれるんだろ。避難所中が楽しみにしてるぜ」

加藤が、今日は夕食に勇太が神戸ラーメンを作ると言いふらしていたのだ。

ドラム缶の横には、楽器と一緒に送られてきた段ボール箱が三箱置かれている。中にはドライアイスと一緒に、ラーメン百玉とチャーシューが入っていた。手紙も電話もない。

たしかに、温かいラーメンが食いたいと由香里にメールを送った記憶はある。その結果が、百玉だ。どうせ、源一の仕業に違いなかった。暗黙のうちに勇太に、お前が作って避難所の全員に食わしてやれと言っているのだ。

「俺はラーメンなんて作ったことないぞ」

勇太は源一に電話した。

〈誰だって初めてのときはある。俺だって初めて客に出すラーメンを作ったときは緊張したぜ。客の反応が気になって、次の注文は上の空だった〉

「で、どうだった」

〈残さず食ったんで、ホッとしたさ。次に来たときは定食を食ってたがな〉

「だから、レシピを教えてくれって言ってるだろ」

〈ムリな話だ。電話で作り方を聞いて同じものができりゃ、俺の人生なんだったんだということになりゃしねえか〉

「言いたいことは分かるけど、温かくて美味《うま》いものを食わしてやりたいんだ。今朝も、ばあさんが一人、冷たくなってた。美味いラーメンでも食えば少しは元気が出て長生きできるんじゃないかと思って」

〈いやとは言えない言い方をするんだな。材料は何があるんだ〉

勇太は考え込んだ。麵は百食分段ボールに入っていた。チャーシューも入っていた。

ネギは……ない。

「フカヒレが段ボール二箱分。ホタテも同じくらい。両方とも乾燥させたものだ」

息を呑《の》む気配がして、しばらく沈黙が続いた。

〈フカヒレラーメン、ホタテ入りか。俺が挑戦してみたいよ。問題はスープだな。ブタもトリもないんだよな。スープをどうするか。難しいな〉

「他にあるのはアワビにエビに――」

携帯電話の向こうで再び息を呑む気配が伝わってくる。

「ホタテとエビで出汁《だし》を取るか。取れないこともないだろ。これって、海鮮ラーメンになるのかな。うちのラーメンとはちょっと違ってくるよな。うちのは薄いチャーシューがせいぜい三、四枚だ。かなり肌合いが違うよな」

〈食材を最大限に生かすってのが上手い料理人ってもんだ〉

返ってくる声は多少上ずっている。

〈うちのラーメンはトン骨なんだ。一日かけてじっくり煮込んで脂を取る。こってり味のわりにあっさりしている。矛盾してるようだけど、とにかく評判はいい。だから爺《じい》さんの代から五十年以上続いている〉

「ラーメンはラーメンだろ。インスタントでもけっこう美味いぜ」

〈ラーメンってのは奥が深いんだ。日本全国、北から南までご当地ラーメンだらけだ。

その分競争も激しい。この世界で生き残るのは大変なんだ〉

源一は勇太を無視してとうとうと話している。源一にラーメン談義をさせると、一日中でもしゃべり続ける。

「とにかくやってみるよ。俺のラーメンを作る」

〈フカヒレのもどし方知ってるだろうな〉

「親父がやってるの見てたよ。でも、生姜《しようが》なんてないよ」

〈俺が持たせた段ボールがあるだろ〉

「えっ、あの中に入ってるの」

〈ホタテとエビで出汁を取っても、捨てるんじゃねえぞ。なんとか使い道を考えろ〉

勇太が切ろうとすると源一の声が聞こえる。

「分かってるよ」

さらに何かを言おうとする源一を無視して終話ボタンを押した。

「おい、早くやろうぜ。ガキたちが飢え死にしてしまわないうちにな」

加藤が来て勇太を促した。

「もったいぶらずにさっさとやろうぜ。腹が減ってりゃ何だって美味いさ。必死で食うぜ」

勇太には言い返せない。たしかにその通りなのだ。「空腹は最強、最高の調味料」と言ったのは母親の明子だ。源一も反論に困って口をパクパクさせていた。

勇太はドラム缶に数本の薪《まき》を放り込んだ。炎が高く上がり、周囲を明るく輝かせた。恐ろしかった炎も、今では安らぎを与えてくれる。天、地、水、火。自然の中で、唯一の味方のような気がするのだ。氷河時代にも人間は同じように感じたのだろう。

「さあ、最初は何だ」

「ホタテとエビでスープ作りだ。フカヒレを煮立てて戻したら、ホタテに味付けする。エビは食わせる直前に入れてスープの隠し味だ」

やがて鍋から湯気が上り始めた。初めはかすかだった匂いも次第に強くなっていった。

体育館や教室から次々に人が出てきた。

例外なく鍋のそばに来て、匂いをかいでいく。たしかに匂いだけは一流だ。

「あと一時間ほどかかります。寒いですからまだ外に出てこなくていいですよ」

清美が声を張り上げている。それでも鍋の周りには人が集まってきた。

「すごく美味そうだな」

「実際に美味いよ。豪華海鮮ラーメンだ」

「お前の特技か。見直したよ。ラッパが吹けてラーメンを作れる。鬼に金棒だな」

「フカヒレだってたっぷり入ってる。こんな贅沢《ぜいたく》なラーメン、他じゃ食えないぞ」

勇太は素直に嬉《うれ》しかった。ライブでアンコールがかかったときと同じように喜ぶことができた。ラーメンについて客に蘊蓄《うんちく》をたれている父親の気持ちが分かるような気がした。思わず小さくガッツポーズをした。

ポチが、不思議そうな顔で勇太を見上げている。

顔を上げると、夕焼けが広がっていた。

西の山に沈む陽が海に反射して真っ赤に輝いている。赤い粒子が大気に満ちて、大地を赤く染め上げている。

まだスープを作っている時点で列ができ始めた。

「並んだってダメだぞ。まずお年寄りからだ。七十歳以上が食ってから、次は子供だ。大人はラーメンなんて食い飽きてるだろ」

加藤が大声を出しながらドラム缶の周りを歩いている。

陽が沈む前にスープはできあがった。

勇太がゆで上げたラーメンを発泡スチロールの椀《わん》の中に入れると、横の清美がスープを入れていく。最後に加藤と高橋がチャーシューとフカヒレ、アワビとエビを置いた。

「これ、何ラーメンだ。チャーシューとアワビ、エビってのはおかしくないか」

「だったら食べなくてもいいんだぜ」

「いや、最高に美味そうだよ。聞いてみただけだよ」

勇太はそっと清美のほうを見た。慣れた手つきでスープを入れている。多すぎず少なすぎず。いつも源一を手伝っている明子を見ているせいだろう。

こういうのもいいな。ふと勇太は思った。

二時間ほどでラーメンはなくなった。何人かは足らなかったはずだが、文句は出なかった。最後の十食分ほどになると、数人で分け合って食べていた。加藤は、二人分に分けた一つをポチの前に置いていた。

「人は美味い物を食ってるときが一番幸せなんだ。俺は万人に幸せを提供してるんだ」

源一の言葉がずっしりと心に響いた。


勇太はトランペットを持って避難所を出た。

十分ほど歩いて立ち止まったが、そこがどこかはまったく分からなかった。

遠くに避難所の明かりが小さく見えた。ドラム缶の薪の炎だ。

懐中電灯を消して、しばらくして眼が慣れると、星明かりにぼんやりと周囲が浮かび上がった。無秩序、無造作、無作為な瓦礫の黒い影がどこまでも続いている。

勇太はトランペットを構えて、深く息を吸った。

澄んだ高音が漆黒の闇に吸い込まれていく。高らかに、テンポ良く、やさしく、美しく、思いを込めて——。勇太は一曲を吹き終わった。

「上手いですね」

背後から声がした。高橋の声だ。振り向くと黒い影が立っている。顔や衣服は闇に溶けて判別がつかない。

「素人には上手く聞こえるかもしれないけど、この程度じゃプロでは通用しないんだ」

「そういうもんですか。私には音楽は分からないけど、心に染みるってやつです」

「夕焼けの後の闇、荒涼とした風景、悲しくなるような静寂。絶望と希望。そしてすべてを失った人たち。こんな中じゃトランペットの音色は、実力の百倍も素晴らしく聞こえるんだろうな。俺だって、今までこんなに上手く吹けたと思ったことないもの。自分で酔って吹いてた。少しだけど涙がでたよ。録音したいと思いながら吹いてたもの」

「何だか、心が洗われるような気がしました。やっぱり上手なんですよ」

「ありがとう。嬉しいよ」

勇太は素直に高橋の言葉を受け入れることができた。

「私、明日神戸に帰ります。何とか仙台まで出て、そこから電車を探します。昨日、中山先生に連絡を取ってもらいました。どうしても心配だったので、来てしまったと謝りました」

「役所には黙っててくれるだろ」

「それはムリな話です。正直にすべて話して、後は役所の領域です。そうするよう私がお願いしました。役所の決定に私は従います」

「俺にできることは何でもするよ。こっちで、パワーショベルで人を救い出した話や、消防車や救急車直したり、盲腸の子供を運んだ話もするよ。人の命を助けたんだ。神戸でただテレビ見てるより、よほど役に立ってるんだ」

「感謝します」

「でも、本当に話さなくていいのかよ。元の奥さんはいいとしても、実の娘だろ」

「元気に育ってました。新しい父親もいい人らしいし。彼女も娘も幸せそうでした」

勇太はそれ以上何も言えなかった。しかし、自分の愛した者が自分とは関わり合いのないところで幸せになっているというのは、どんな気持ちなんだろうと思った。自分なら、素直に祝福できるかどうか。

見上げると、星空の中を雲が流れていく。その星もすぐに雲が覆いかくしていった。

そして……

避難所に暮らす人は、もっとも多かった時期の三分の一に減っていた。

仮設住宅の建設は遅々として進んでいない。できているのは、山の中やとんでもなく遠い場所だ。

「政治家ってのは過去から学ぶってことができないらしい。神戸の震災でさんざん議論されたことや教訓がまったく生かされていない。一から同じような議論を繰り返しているだけだ」

源一は毎朝、新聞を開くたびに憤っている。

三月十一日の震災から、すでに半年がすぎていた。

勇太の所属していたバンド、〈ＫＯＢＥブルー〉は二カ月前に解散した。

勇太は父親の店を手伝いながら、休みを取っては、避難所にボランティアに来ていた。

と言うよりは、大洋高校の吹奏楽部の練習を手伝いに来ていた。それと、震災以来実家に帰っている清美に会うためだ。

清美は磯ノ倉町の山側地区にマンションを借りて移っている両親のところに住んで、いまだ日々忙殺されている両親の生活再建の手伝いをしている。大学は一年間の休学届を出したのだ。

「来年は神戸に戻ってくるんだろ」

勇太は足元のポチの頭をなでながら清美に聞いた。

ポチは加藤に拾われてきて以来、ひと月半の避難所暮らしのあと、秋山家に引き取られたのだ。今では丸々と太って存在感抜群のポチになっている。

勇太と清美は久し振りに鹿隅小学校体育館前に来ていた。

「どうしようか迷ってる。こっちには、まだまだやることがあるし。初めて、両親が私を頼りにしてくれてる」

「神戸にだってやることあるだろ。両親だって子供じゃないんだ。自分でできるだろ」

「大学卒業しても、どんな意味があるか分からなくなったし」

「両親はなんて言ってるんだ」

「卒業だけはしておきなさいって」

「妥当な答えだな」

「でも、この災害を見てると、いろんなものの価値がまったく変わったような気がして。私の幼馴染《おさなな》《じみ》や高校の同級生もずいぶん亡くなってる。中学のとき、ひどくケンカした子が行方不明になってるのはショックだった。いずれ仲直りできるって信じてたから。人生ってある日、突然消えてしまうんだって本気で思った」

「でも生き残った人たちは、必死で死んでいった人たちのことを心に留《とど》めようとしている。写真や思い出のものを必死で探してる。子供のころの写真や、結婚式や、思い出の写真を見つけたときの喜びようってなかったぞ」

今も懸命に遺体を探している人もいる、という言葉を呑み込んだ。

「遺体も必死で探してたしね。もう死んでて帰ってこないのに」

清美がさらりと言った。

「大洋高校で勇ちゃんのバンド仲間の演奏があるんだって。高橋さんも来るんでしょ」

さよならライブの一環として〈ＫＯＢＥブルー〉のメンバーが集まって、チャリティライブをやろうということになったのだ。

「来るはずだったんだけど、アルバイトだった会社で正社員に決まったから行けないって電話があった」

高橋の仮出所は取り消されなかった。状況が考慮されたのだ。もちろん、勇太も清美も加藤も高橋の被災地での働きを書いて保護司に送った。

保護司はそれを裁判所や刑務所に送った。それで、今度だけは例外であると結論が出たのだ。

「それじゃ、高橋さんは神戸で新しい生活を始めることに決めたんだ」

「過去は大事だけどそればかりじゃな。先を見つめなきゃ」

「加藤さん、賞を取ったんだって」

「驚いたよ。俺も写真をやろうかなって」

加藤は新聞社が主催する新人賞を今度の震災の報道写真で取った。

瓦礫を背景に子供たちが手をつないで笑っている写真だ。評論家は悲劇の中の希望とか言ってたけど、不思議な温かさを感じる写真だ。そして、たしかに希望も感じる。

「呼んでるわよ」

清美の視線の先には、トランペットを高く掲げた山下やフルートを持った山根、パーカッションの中谷、そして大勢の高校生たちが手を振っている。

この作品は集英社文庫のために書き下ろされたものです。

またこの作品はフィクションです。実在する個人、団体などと一切、関係はありません。

集英社文庫

震災《しんさい》キャラバン

2011年10月25日　第1刷　　定価はカバーに表示してあります。

著　者　高嶋哲夫《たかしまてつお》

発行者　加藤　潤

発行所　株式会社 集英社
東京都千代田区一ツ橋2-5-10　〒101-8050
電話　03-3230-6095（編集）
03-3230-6393（販売）
03-3230-6080（読者係）

印　刷　株式会社 廣済堂

製　本　株式会社 廣済堂

フォーマットデザイン　アリヤマデザインストア　　マークデザイン　居山浩二

ISBN978-4-08-746750-5 C0193